毫无必要的热情

刘天昭

译林出版社

图书在版编目（CIP）数据

毫无必要的热情/刘天昭著. —南京：译林出版社，2015.4（2021.9重印）

ISBN 978-7-5447-5117-9

I.①毫… II.①刘… III.①散文集 - 中国 - 当代 IV.①I267

中国版本图书馆 CIP 数据核字（2014）第 263272 号

毫无必要的热情　刘天昭 / 著

责任编辑　周　璇
责任印制　颜　亮

出版发行　译林出版社
地　　址　南京市湖南路 1 号 A 楼
邮　　箱　yilin@yilin.com
网　　址　www.yilin.com
市场热线　025-86633278
排　　版　南京展望文化发展有限公司
印　　刷　苏州市越洋印刷有限公司
开　　本　890 毫米 × 1240 毫米　1/32
印　　张　8.5
插　　页　4
版　　次　2015 年 4 月第 1 版
印　　次　2021 年 9 月第 7 次印刷
书　　号　ISBN 978-7-5447-5117-9
定　　价　39.80 元

序

火苗

有的作家像火箭，由野心助推，一飞冲天，姿态惊人又危险。这种作家偶尔幸得大成，多数都完蛋了。天昭也许是另一种作家，飞得慢，成熟得晚，长寿，到生命后期才显示出她是谁。这种人生轨迹不仅别有一番诗意，且能佐证基本事实，即大作家往往不是什么别人，正是持续精进的小作家。

天昭的文章迹简意淡，灰冷玲珑，以前我没见过谁这么写。也许她有我不具备的知识谱系。我对她字里行间的灰调子印象深刻，用现在的话说，高级灰，更亮眼的色彩她也擅长，但只是星星点点。她是很高雅自负的作家。

2013 年我约天昭在《人物》杂志写了一年专栏，专栏名字是她自取的，“在安阿伯”。编辑部同事都觉得写得好，当然也有人说对读者界面不够友好，读者回馈也是截然两分，喜欢的喜欢得不行，买杂志就为她这一篇，忽略的就当没看过。说不好的倒是一个也没有。好当然好了，这没什么好说的。我也观察过校对老师看天昭稿子时的神情，皱眉凝神，拿着笔，念念有词，我就知道他也觉得不是那么好读。其实不是不好读，是一般人不习惯。

中国读者都是糖水读者，喜欢甜的，文字也好情节也好人物也好，要流畅无碍。音乐像秧歌，叫优美；电影像样板戏，叫全片无尿点。我太理解这个事儿了，历史的悲惨的必然。我们最有文学教养的读者其实也这样，没例外。

看版面的时候，有时我会停下来，重读天昭的一句话、一个段落，体会字里行间的微妙之处，想找出她写得那么好的秘诀。秘诀总是一个：她很聪明，心有所感，表达无碍。我想她一定很耐心地对待字词，把冷静掺杂进热情，把戏谑编织进伤感，每写几行字就重读一遍，每有机会就降一个调子，静一点儿，再灰一点儿，直到去掉所有涉嫌媚俗之处。也有时候，我感觉不到她感觉到的东西，就会想，嚯，女人的思维是这样的。她们会这么看待女伴或冬天的光晕——当然，我会想到的——不是她们，是天昭这么看。

大约是 2011 年，天昭给了我一个网址，特意说明她很少给人看。上面是她写的小说，我读着读着，恍然重回东北。在小说里，“我”坐在床上跟她妈拉着家常，讲着亲戚的故事，又说着白菜之类的，时而插入散漫的感叹，这个妈是个豁亮又敏感的妈，“我”呢又时常陷入内心，精神恍惚。我猜想这小说里有天昭对平生岁月的无限沉思，还有很多思而不得其解。从那时起，我这个沈阳人就很东北主义地觉得，天昭这个长春人在性格才华上很像哈尔滨人萧红，再进一步，总联想到《呼兰河传》里的那个小孩。

天昭当初是因为在《南方都市报》写社论而名动媒体圈的，才女，思维能力过人，知识也多。那是多硬的文字，她也能写。然后她真正爱写的是自己的世界。她的文字充满兴味盎然的絮絮而谈，宛如对一个小孩探索世界的记忆。

我们，作为天昭的粉丝、支持者，都希望这个小孩能够写很多，写完她的那个拖延了太久的小说，再写更多的小说，写她应该写下的每篇文章。我们总觉得每个有才华的小孩都有迷失的危险，容易过于自爱，容易骄横懒惰，容易贪恋棉花一样柔软的日子，容易画地为牢，不懂得人生真的是倏忽而过。

人呢，是未解之谜。狗永远咬不到自己的尾巴尖，人类也永远了解不了自己。天昭我们就更不了解了。我不了解她为什么每一句都要写好，每个标点都要安排。我觉得那不是那么重要。我也不了解她为什么有那么强的自尊心。我也不了解为什么她那么有幽默感,却不善加利用。也许她根本就排斥“利用”?我不知道。我了解的是，才华终究是你的想法跟别人不一样，因此必然罕有。我还了解，才华也不是什么太了不起的东西。

想象一片旷野，四处闪动着火苗，冒着漂亮的烟，那就是人们的才华。规则是只有那些变成漫天大火的火苗才有意义。自然，其中有一团就是天昭的。可是我们都知道，一团火苗要变成漫天大火，要把自己烧得多么难受啊。

对于那些闪动的火苗，我们只是说，它们是美的。

李海鹏

目录

随笔 ESSAYS

这真的是异乡 003
只有自己是多余的 011
Sarah & Harry 019
一丁点儿的意义感 027
一个人的暴风雪 034
雅雯 041
大米 045
看不见的安阿伯 052
探亲访友 059
出游 066
险途 074
拾遗 081

诗 POETRY

礼拜天中午 091

我们是夏天搬进来的 105
天气太好了（一） 106
天气太好了（二） 111
天气太好了（三） 112
主妇 114
仲夏的夜晚 117
杨树上的大风 119
贪恋 122
自觉 123
绿萝 125
傍晚起风 128
酒 129
故乡 135
边界 137
就这样过完一生 140
旅游 143

预感 148
清楚 151
跑 154
花连衣裙 155
过了铁 157
消失 159
能开窗的日子 162
月亮 163
秋天 164

日记 DIARIES

暴风雪 171
春日 173
羽毛球 176
夏日 179
张爱玲 180

无所住 182
初饮初乐 187
去穗石 191
王中义饺子馆 195
读书 199
海上花 201
乒乓球 208
达洛维夫人 211
短篇小说 213
春意思 216
西王庄 224
装修时期的月亮 229
秋天这么好 233
冬藏 238
春节总算过完了 251

随笔 ESSAYS

这真的是异乡

两年前我得到华莱士–骑士奖学金去美国密歇根大学访问四个月，回忆起来像是假的，因为与之前之后的生活都没有关系。也没什么故事，只是这样悬浮的一段，让人担心丢失，几乎刻意拽着。还是渐渐淡了，很多地方看不清楚，仔细盯着，经验和成见涌进来，控制不了。写下来难免就会掺假，记忆是这样轻柔的东西，非要点了卤水才能成形，从此也就毁了。

房子是一个意大利驻京记者找的，她从九月住到年底，我从新年住到四月。才进十二月，房东就发来邮件，说可以去机场接我。订好机票转过去，又发来一张合影，以便相认。女人可能有七十岁，头发全白，非常瘦，笑得很热情，脸颊褶儿很深，一道一道像航拍的峡谷。男人看起来年轻一些，表情很冷，不知道对什么有点不满意。

繁旭从波士顿来，在登机口等我，拿了行李出来，就看见房东夫妇。比照片显年轻，穿滑雪服罩面的抓绒短外套，看着很轻盈。Edwina 个子跟我差不多，腰板儿笔直，步履轻捷，头发很多，编成发辫又盘成髻，让人联想他们家里有许多花草图案的壁纸帘布沙发抱枕。

Edwina 跟我们聊天，Dave 开车，偶尔插一句。他们都是密歇根大学毕业，在这里相识，结婚。三个孩子和他们的伴侣，也都在这里相识，从这里毕业。这是一个浪漫的校园！这故事一定讲给许多新识的人，尤其是房客。大概他们也是被情境胁迫，不得已。我还是真心赞叹这日常传奇；同时几乎是吃惊地想到，人生里已经给定的要素是多么强大，跌宕起伏也是困在一小片琐屑里。

Edwina 问我认不认识前任房客，她也在北京——我们明年可能会去中国，Michael，我的小儿子，和他的妻子正在申请领养中国小孩，程序十分繁冗，已经两年，终于拿到小孩资料，来自西部的一个城市，四——川——？哦，一个省份；是个女孩儿，当然；有一点跛脚，不过可以治好，现在领不到完全健康的孩子了。我忽然就觉得，我和这个善良的美国女人之间，凝固着一块塑料般乏味而不可降解的，陌生。在广州沙面，路灯从老樟树大团的细叶里照出来，树下经常碰见推着中国小孩的白人，忍不住就多看那小孩一眼，替她念一声好险。被她逃过的人生，会像影子一样活在中国，是永不相遇的双生花。

校园这栋房子原是孩子们读书时建的，后来改成两套公寓出租，各自对外开门。楼下住着两个小伙子，Jeremy 和 Mike，一个在药学院读硕士，另一个从管理学院休学，现在开出租车，有事可以找他，非常方便，他人很好！我想这真是想象中的美国故事。我绝对不会找他，路上还要说话，又不可能真的熟识，下次碰见多尴尬。我不相信也不想，融入这里的生活。

出机场还看见浅紫色的云霞，停车场外广旷的雪野上，匍匐着衰弱的日光。车开出来半小时，窗外几乎全黑了，似乎因此也不必再说话。我想启动时空 GPS，立即觉得内存不足，而且毫无意义，因果本身就是轻飘的。路上车很少，开得非常快，远处不时晃过一簇灯，像群狼的眼睛。想起惠特曼，一句诗也提不起来。忽然切进几幅璀璨的大招牌，我脱口而出，Trader Joe's，Whole Foods。房东说住处离超市很远，今晚可以捎我们过去，因为明天一早就要去佛罗里达躲冬，他们在那儿有一个小房子，每年都去——Michael 的岳父母住在隔壁，我们是非常好的朋友，一家人。我想这真是小说家最爱的场景设置，四个人带着多少人生；Edwina 是这样热情明亮的人，也许真的没有龃龉暗战？但是想想也累，洁净美好总是需要不懈的维护。又想到那个四川小女孩即将生活在他们中间，忽然替她感到恐怖——这一切都太强大了。

上楼放了箱子，简单看一眼，又搭他们车去吃饭，约好一个半小时以后去中国超市。被放在小小的十字路口，才看见飘着雪粒，路灯底下细细密密，快得像雨，跟长春没有两样——这真的是异乡。一个女生背着巨大满撑的双肩书包，低头走远，商铺的橱窗闪着圣诞装饰灯，我没办法想象她在这里彻底地生活，被琐屑的事物和情感淹没。我拽繁旭的手，好像从来没有这样漂浮过，我说，咱们吃点儿啥呢。

可能是假日，昏暗的日本餐馆里只有一个东亚面孔的年轻男人，已经吃完了，偎在椅子里玩手机。非常瘦，头发染成棕色，又挑了几绺白，上面一半扎起来，露出苍白的脸颊上许多麻点，杂色围巾堆得很大，精薄的针织衫塌在肋骨嶙峋的胸脯上。繁旭低声说，别盯着人家看。我说，必须聚焦一下，你说是日本人还是韩国人。繁旭回头看一眼，说，也许就是广州的呢。我说，也是哦，世界都这么平了咱们跑这么老远干嘛呢。繁旭知道我是无病呻吟，接过话去说，还是不一样，这边的大学……他真的是来学习的，专注得简直像是在逃避，打电话都告诉我，见到了哪个哪个聪明教授。我想起九年前去伦敦，给人写邮件：中国与外国的相同，每一个细节都不放过，中国与外国的不同，也是每一个细节都不放过。年轻，大惊小怪地上演游客心情，自己都不知道那是初来乍到的豪气，把世界放在胃里化成血。可是也丝毫不怀念。乌冬面端上来了，我想象窗外细长的红纸灯笼被风刮起，在晶莹的飞雪里摇晃，有一种世界尽头的情调，我看到自己不为所动的样子，觉得是另外一种做作——随即累了。

离开校园中心，汽车重新驶进黑夜。辽阔之地，诗意是笼罩性的存在，简直有窒息之感。竟然想起湖南一个村子，二十几个人包车，连夜开到桂林去。读到新闻的时候想，颠簸的车厢里应该有种特别的兴奋，空气都有弹性，可能还带点破败滑稽，甚至有人表演起悲愤来，更是一个喜剧的气氛。现在进步了，这种气氛容易被文艺电影抓去放大，终究还是煽情。说起来我这心里也是煽情，只能终结于子非鱼的界限。当初读完新闻就写稿，好像也逻辑严密，立场坚定，而且也都是真心。宏大与幽微，结构与混沌，我隐隐的，总想将驳杂的感受和想法联系起来，又知道必定失于轻浮；一想到要放弃，就觉得瞬间物化，比如一串随风奏响的铜铃，不理解自己、风以及这些声音。可是也只能这样。

中国超市里白炽灯打得雪亮，东西平白给照成了假货，人脸都青皓皓的。伦敦中国城也是这个印象，饭馆超市都是显色性特别差的便宜灯泡，可那差不多是十年前。海鲜干货的纸盒箱子旁边，两个男生在聊天，一个说，郁闷哪，调一个礼拜了；另一个说，你问问 ××，大牛。我惊讶于这对话竟然是真的，不敢回头看，有时空错乱之感，九十年代末的清华男生宿舍。

Jeremy 和 Mike 都是高大的胖子，穿着短袖 T 恤衫挤在门口，看起来很放松，说 hi，并不试图念出我的名字，我觉得很好。Edwina 说，如果网络方面有问题可以问 Jeremy，他是专家。我配合地说，真的吗？ Jeremy 回过身去，弯腰写了 wifi 密码：gogodickGOandfuck。我拿过来就笑了一下，Mike 也笑，Jeremy 没有表情，只说，我们要分摊网络费用，每人每月二十美元。我赶紧说，多谢，没问题，我明天就拿给你。我已经累到极限，时刻想要瘫在地上，这一丝不快揉起一团烦躁，真想一个人待会儿。

房东把我们送上楼，拿出一条抓绒毯子，一个套好枕套的枕头，两张干净的双人床单，对繁旭说，我们不知道你会来，欢迎来到安阿伯！又指着客厅沙发说，这个可以拉开。接着介绍家具器皿，一应俱全，厨房里甚至有三只竹编的笼屉。卫生间干净得像全新的，一袋二十包的卫生纸还没有开封，浴巾毛巾叠在柜子里，系着绸带。书架上有一叠四只信封，已经贴好邮票、写好地址，我每个月只要装上支票，扔进邮筒就可以了。我觉得过于周到，简直有压迫感，想跟繁旭说，我真是不适应文明社会，又不好讲中文，只庆幸自己一出机场就送了礼物，不然就像是临时补偿。Edwina 从厨房抽屉拿出一个活页本，里面有给房客的一封信，政府发的垃圾分类细则，洗衣机使用手册复印件，出租车公司电话，本地报纸附送的安阿伯生活地图。我喏喏应着，一句也没听见，只感到脸上的微笑都僵住了。

关上门，繁旭先说，累死了；我直接躺在地毯上，说，你先洗澡；他也躺下，说，我动不了了，你先。楼下汽车隆隆发动，车灯从百叶窗缝儿晃进来，渐渐灭了。繁旭侧过身，用胳膊挡住灯光，喃喃说，我真睡了啊。我爬起来关灯，想到如果他没有来，我现在大概会陷入癫狂的警觉，筋疲力尽也没办法放松。闭上眼睛看见自己的脑海，无数信息的碎片，像宇宙里穿梭明灭的星球，不知是飞进来，还是飞出去。

（收入本书时有删改，原文见《人物》2013 年 1 月刊）

只有自己是多余的

记了地图，出门去找 Wallace House。头一天吃饭的热闹街，只有两个路口长，再往南，房子就不在路边，弯一条小路，隔一块草坪。车不多，行人也少，雪很急，打得眼睛睁不开。我怀疑走过了，远远一个男人走来，想好要问他，站在那里等，他双手插兜，缩着肩膀，过马路那边去了。四下望，再没别人。这才看到天地白茫茫。见过一万次，永远记得，还是震撼。意识即刻醒来，不知如何是好。转而吃惊于自我的执拗：怎样都无法敞开心胸，让雪飘进来，让交响乐把我带走，让灵魂舞蹈、在这盛大的神迹跟前？——美像是一种侵犯，越是震动，就把自己攥得越紧，只听见脑子里机器声隆隆。

有两次真正迷路，过后都很怀念。警醒到动物的级别，无所指的恐惧近似狂喜；又像把过去丢了，空空飘在原点，没有惯性，没有目标，什么都可以发生。在几个惊恐的瞬间，真切地感受到逃离的诱惑。毫无前兆离家出走的故事，证明生命大于生活，令人欣慰；当然很快就难过地想到，下文一定狼狈不堪。人生真的可以辽阔？平常偶然想到，心中一凛，随即不相信，怎样都不过是四维时空里的一条线。理性是多么扫兴又自负的东西。

但是也不好意思刻意走丢。来密歇根之前在二姐家住了几天，约莫走熟了，自己出去散步。午后阴天，知道不能走远，还是踏上了陌生的小路，以为只要方向不错，总能找回来。房子越来越少，树木格外高大，大片草坡上下起伏，算是山上么？连跑步的人也没有了。细雨落在睫毛上，鼻尖儿冰凉的，站定了深吸一口气，清冽里面一丝微微的铁腥气。斯坦福这地方，好像尤其让人想起，美国是一片新大陆，自然的馈赠才刚启封，用之不竭，毫无疲态。关于宇宙与人类的想象从四面八方涌来，下意识就要抵抗，觉得是知识在压迫生命。往外看，往外看，天低地远，大朵紫灰的雨云，温柔地抚在无际的草场上。翠色铺开了，润软了，簇新娇艳，欣欣然托上去。我到底还是打不开，万物怡然自洽，只有自己是多余的，眼里一粒沙。至少这份自大，是一粒揉不碎的沙——在心里笑出声音来。

终于承认迷路。一辆浅蓝色的老式轿车飞驰而过，在远处始终不消失，终于像米粒儿一样小，眼睛疲惫了。我想原路返回，也不是很有信心。没有手机。没有人。身后二十分钟之内没有建筑。只好往前走，大路朝天原来是这样，让人不知所终，又充满力量。

先看见马。右前方的草场上，稀稀落落大概几十匹。本来看不清，想也可能是牛，忽然一匹黑马奔跑起来，我不由得站住，那身姿只在电影里见过。电影是走不进去的，在陌生地方观景，总觉得伸手就能摸到屏幕。往前几步，左手边一个散沙铺地的敞院儿，深处一座木板房子，连着一列白墙，大概后面是马厩。一个健硕的女人穿着高筒雨靴，抚着一匹骏马，跟另一个矮一点的女人说话。那匹马深棕色，油亮亮，没一丝杂毛，这时候歪垂着头，有点懒洋洋的，仍然非常骄傲。马是这样美，又毫无媚态。我在院门口站了一会儿，定定神，提醒自己，这是圣诞与新年之间的一天，她们也许刚在屋里喝过一杯咖啡——就像是亲切了一点。

Wallace House 小小的，是想象中的北欧住宅样式，高坡屋顶，老虎窗，粗厚的墙体，围着烟囱团在一起，在大雪中敦实安稳。里面也是家庭格局：单扇木门，玄关很窄，几乎没有门厅，过道正对楼梯；左边关着门，右边是大起居室，半圈儿长沙发椅，几张单人沙发，中间一张原木大方几。一个胖嗒嗒的中年女人走下来，苍白又似乎浮肿的脸上没有表情，我笑着，同时觉得这笑容令她、因此也令我自己厌恶，来不及收回，只说我是新来的 fellow，约了 Charles。她说，你一定是——？我说，是的，刘天昭，你可以叫我“Tian”。她伸出手，说，很高兴见到你，Tian，我是 Patty——抬头看一眼墙上的钟——我想你早了五分钟。

Patty 是秘书兼接待员，工作台就在二楼敞厅。楼梯口站着另一个女人，非常高，又健壮，穿着浅灰色小西装，令人替她紧张；大概三十几岁，脸上已经松弛，显得五官更大了，有点像黛安娜那样的发型，可是并没增加多少柔媚。她努力地笑着，说，你一定是 Tianzhao，我是 Birgit，是这个项目的副主任，我们通过很多邮件——欢迎来到安阿伯！说着伸开双臂跟我拥抱。我有点缓不过神，再看她眼睛锃亮的，脸都有点红了，大概是非常害羞的人的那一种临时而炽烈的热情。松一口气，又不知该说什么，就弯着眼睛笑。她噔噔噔跑回办公室，一会儿拿了文件夹出来，看我正给 Patty 填表格，拍我的肩膀说，等你见过 Charles，来找我一下。说完又笑。

Charles 办公室门开着，Patty 敲了他的门，才让我过去，又敲门，他才抬起头，从桌后站起，轻轻伸开双臂，微笑着走过来。那笑容有点真切，又像是礼仪，过于恰到好处了。大概这拥抱让他很不舒服，我的大衣上还有雪。他回到座位，扑扑衬衫，说，请你把大衣脱下来，挂在门口。我窘迫极了，一阵热火烧上来，脸必定红了，后背觉得痒。整栋房子都铺原色厚木地板，走起来通通通地响。门口衣架上，扣着一顶棕色呢绒礼帽，挂着一条米色格子围巾，一件黑色羊绒大衣，大毛领子，棕黑色的长毛一根一根顺着，丝滑油亮，屏息宁静，有一种毫无敌意的傲慢。Charles 个子不高，肚子很圆，红彤彤的小肉脸儿，戴金丝边儿眼镜，系领结；很像是非常热爱生活、更加热爱自己的人。

他很直接，问我希望从这里得到什么。我处在语言焦虑中，只按申请书的说法，说希望了解社会运动理论。他又说，你可以放开一点想，任何事情都可以，我们支持你做任何事，不必与新闻有关，比如 Alec 现在在写小说，James 跟计算机系的学生合作写软件准备创业……六月份电话面试，他开口就问，你的梦想是什么？我忘了怎样回答，只是挂电话很久，都在欢乐的震惊中，怎么真的这样问！真像一个笑话！也许确是了解一个人的快捷方式，但是我无法相信，现实社会的筛选制度，已经可以这样纯真浪漫了——即使是美国。

我说，那就是看看美国吧，出于愤怒和渴望，我对美国有许多想象，需要证实和证伪。但是总需要一个起点，一份生活，带我走进美国。所以还是学点社会运动的理论吧。我高兴地发现自己英语突然好起来了，顾不上去纠察这话说得似是而非，伪真诚。Charles 几乎立刻说，听起来很好，我给你推荐一个导师，你们每人要有一个导师，这人非常了不起，是全美国最大、资金最多的社会研究中心的主任，他是一个非常棒的人，也是我的好朋友，我上个礼拜刚跟他吃过午饭，James Jackson，我会给他写邮件，你最好在这个礼拜之内跟他约见。

Charles 理所当然地有一点得意。我感到应该表达钦佩和荣幸，可事实上只是吃惊于他的坦然，并且有一点点反感，坦然的势利。顿了一下，那个瞬间就过去了，当然他也不在乎我的反应。临结束，又微微笑起来，眼睛里带点诡秘，扮演电影里洞悉一切的智慧老头儿，说，希望你能享受这里的生活，这是一个很好的机会，停下来，喝点红酒，重新发现生活——至少是生活的乐趣，哈哈；另外，如果你想提高英语，我强烈推荐海明威，我想你知道他，他的语言非常好。

从 Wallace House 出来，掐着 Birgit 给的校园地图，找路去办校园卡。心里轻松下来，想到海明威，不知道为什么就是不喜欢他；又想 Charles，辨不清真假，这人简直与角色合而为一，有一种好的文艺作品里的生动——有点像《霍乱时期的爱情》里开篇就死掉的医生。我意识到自己非常不真诚，并且即将为此付出代价。学习社会运动理论？这哪里是最感兴趣的事。那一套申请材料，就只是为了来美国。为什么来美国，想从这里得到什么？也许只是为了脱轨，失重，最好是生活的真空。过去十几年，始于一个疑问：如何生活才算正当，尤其是在中国。这不是兴趣，也不是梦想，我以为这是一切的前提，许多时候兴高采烈岔开了，可是没办法忘记。然而生活自己就展开了，攒成越来越大的"真实"，什么都像是理所当然。这些话没法儿说，太像撒娇。而且可能根本也不信任他、不信任美国、不信任学院派。似乎已经形成依赖：这是不可以被解决的问题。繁衍而来的无数困惑，连枝带蔓堆在心里，倒是应该整理一下，从此打包带着——立刻觉得疲惫。雪又大又密，看不出两米远，不时给风卷起，就要低头停下。我小心走着，想起 Charles 办公室里有一面高窗，大概是骑在一层屋顶上，只剩四方一块，细白木棱划成六格。Patty 有事进来，我转头望出去，蓝天跟前枯树劲峭，雪羽飞舞，这房间里静谧温暖，安详有序。真像人类的一个美梦。

巴西和韩国记者是本国资助，跟美国记者一样，住满一学年。另外三个国际记者都选秋季学期，只有我新年才到，他们已经非常熟悉，各有角色。自我介绍完毕，Emily 送了一顶毛线帽子和一双抓绒袜子，顺便开天气的玩笑，大家鼓掌。我感激这善意的手势，散会以后走过去，她看见我，也笑了一下，我还没开口，有人在身后找她，她欢快地转身了。讨论会之后总是这样，三五成群说话，有时候开了酒，就拿着酒杯。起初还凑过去听，都是我不了解的事，许多黑话、切口，真的听不懂。多站一会儿，就会有一个人转过头来，说，嗨，你好么？哦，还好。哦，没问题，我家乡在中国东北，我很适应冬天。我运气很好，Laura 租好了房子，什么都是现成的。就是这几句话，开头一个月说了几十遍。

本科三年级，班里来了一个法国学生，每次目光碰到，他都立刻戴上很大的微笑。我替他累，总有点想躲开，就格外歉疚。我在美国就总是那样笑，想到也许给别人带来心理负担，几乎觉得消失才好。

有一次厨房里只有几个人，前头说起 HBO，后来一小段沉默，我就说我原来在北京家里可以看到，那时候非常喜欢《六英尺下》。Emily 像是大吃一惊，跟旁边人高声说，Tian 看过《六英尺下》！又回来跟我说，我收藏了全套影碟，可以借给你。说完匆匆走了，拿了健怡可乐，去另一处说话。我本来想问她，那电视剧里你最喜欢谁？

每周见两三次，不时就会想起，跟我解释，又忘记了，本来记得，但是上课要带太多书，装不下。我说了几次没关系，可以在网络上看，但是她坚持，下次一定带来。直到三月，她把那一盒影碟拿给我，我带到住处，放在书架上。临走那天很仓促，知道不会，还是打开确认，没有纸条之类，托 Birgit 转还给她。

这一届十二个美国记者，只有一个黑人，两个女的。嘉宾也几乎都是白人男。有一次晚餐会结束，等看纪录片，等得有点久，Alec 走到钢琴跟前，把酒杯放下，坐下开始弹。大家也不在意，看一眼，继续说闲话。屋里有真的壁炉，烧大块木头，安静的时候听见劈劈啪啪响。光线昏黄，我窝在几乎全黑的角落，看 Alec 身后，窗外路灯的金光里，大雪冉冉落下。真像电影，只是并不预备发生什么。Alec 又高又瘦，彬彬有礼，几乎害羞，四个月我们只讲过两句话。我知道他在写小说，可是始终没机会问一句，你的小说讲的是什么？我猜想他手指细长，骨节突出，戒指松笼笼套着；小时候是个整洁的小男孩，妈妈开车送去学钢琴，比如一个晚春的午后。我没有这种经验，许多小说电影电视剧，雪花一样纷纷地来了，没有根。

只有 Sarah 和 Harry 抽烟，在各种间隙，披上大衣，站在外面门廊上。天冷，Sarah 不时跑跳两下，本来就端肩膀，更显得瑟缩，又快乐。她只有二十五岁，圆圆脸尖下颏，颧骨上淡淡的小雀斑，浓密的黑睫毛，乌黑的细卷长发，蓬得很大，有时候用花手绢扎一下，有点波西米亚风，几乎是不合时宜的青春蓬勃。Harry 比我小一岁，已经驼背，棕红头发，络腮胡子，总像刚起床；永远穿一件灰呢子外套，看起来有十斤重的钢铁似的旧皮靴。他常拿啤酒，大家不时就他喝酒的事儿开玩笑，他全不在意，皱个眉头，又像是思考，又像是梦游。果然第二次交谈，就提起陀思妥耶夫斯基。他越说越快，我只听懂一半，可是好像早就全都懂了。

第一次晚餐会，Harry 坐我旁边，问我在中国做什么，很着急地要我相信，美国也有许多问题。我对这种说法很反感，因为根本无法相提并论，可是被那急切打动，他是真的想要交流。他口音很重，我开始以为是东欧移民之类，后来知道是在纽约布鲁克林出生长大，想想也十分恰当。二月底有一段假期，回来 Harry 问我去了哪里，我说我不怎么喜欢纽约，跟中国一样令人身不由己，可能我不够强大，还是喜欢安阿伯。他说，你这样说我很伤心，我真希望你喜欢纽约，那是我的家乡！我后悔说话欠妥，想要找补，Harry 已经说，不过我理解你的意思，我也很享受在安阿伯这一年，好像时间停止了。

Harry 从来没有一个问题问我两次，这竟然也是难得的。他不太爱讲话，讲起来就滔滔不绝。有一次谈起他热爱的一本美国小说，并不是十分有名，但是你一定会喜欢……说了大概十分钟，还没想起那本书的名字，说回头查到再写邮件给我，然后大概就忘记了，本来也是喝了酒。另一次说请我去他们家玩，我随口答应了，没当真。转天收到邮件，问礼拜六有没有空。我有点意外，想起 Sarah 问过我，不上课也不来参加讨论会的时候，你都做些什么——一定觉得很无聊吧。可惜礼拜六有事，辜负了这样的好意。

Sarah 有四分之一中国血统，完全不懂中文，只会说“公公”、“婆婆”，是她妈妈的外公外婆。也是有意找话题给我，说起小时候跟公公婆婆去中国商店，买一种红色圆饼饼，硬币那么大，水果味，非常好吃。我猜到是山楂片，一瞬间像触电，跟此时此地有了联系，虽然微弱一丝，到底是生活在同一个世界上！春节有个中国留学生送我一袋糖，刚好有山楂片，挑出来，另找口袋装好。Sarah 对新闻不感兴趣，只偶尔来吃晚餐。我随身带了两个礼拜，等她来了给她，拥抱我，又拥抱我，分给左右，都不要，只有两个人拿了。

秋天去阿根廷，春天又去土耳其，都是基金会出钱，往届 fellow 作地陪，名义上是考察当地新闻媒体，其实就是玩。后来看群发邮件和照片，气氛有点像高中毕业旅行，烟花盛放，是生命与友情的庆典。我其实喜欢这些人，只是没办法、可能也没有强烈的愿望，去打破那道钢化玻璃墙。十几天分分钟跟他们在一起，想想就要发疯。总不能缠着 Harry 和 Sarah，就算他们不反感，太热络了我自己也不知道如何收场。我不去，大家都表示不可思议。回来见到，再次说真替你遗憾，不过你放心，我不会逼你看照片的。最多也就是这样程序化的幽默，玻璃墙是双向的。Sarah 带了一条围巾给我。

四月初接待来面试的下届候选人，在一个酒吧里聚会。那地方非常吵，Sarah 拉我出来遛弯儿，我说，像两个女中学生哦，她就说，我们要是中学同学，肯定可以成为好朋友！天气很冷，棉袄一下就打透了，脸上像敷着一块冰。太阳早落了，橘光久久不去，在湛紫的天空下，合成微醺的暧昧。中学时候的春天的傍晚，可不就是这样。我说，你中学时经常跟一群男孩子在一起吧，很受欢迎的那一种？她就大笑起来，说我不是，我都不敢跟男生说话，我知道你说的那种，化浓妆、讲脏话，我不是，我很羡慕她们！我说，我一直到现在还是很羡慕她们！那一下是真正的亲密，立即想到自己不久回国，全无伤感，倒更像是有点嗨了，这一刻是多么纯粹，没有后果。

下一个周末去他们家，我揣了一瓶酒，骑自行车过去。远远看见 Harry，背驼得厉害，重心歪向一侧，走路一晃一晃的；大概是受命去买酒，酒瓶提在手里，心思不知在哪。我放慢速度跟在后面，心里生起一种真实感，这是自己人，我以为我能够了解的那一种人。

房子很旧，有个宽敞的院子，草木杂乱，四月中，毫无绿意。吃过饭，把外面的小木桌擦了，搬椅子出来，裹在棉衣里喝酒，抽烟，说闲话。刚才连他们的情史都打听了，好像没什么不能说的。问 Harry，为什么有些人每次提起 9·11 都几乎可以立刻哭出来。他们俩就笑，说这事已经变得不能讨论，持不同看法的人会感到巨大的压力。Harry 认为媒体，尤其是电视媒体，要负很大责任，太煽情了。Sarah 打断他的长篇大论，说喜欢我的外套，花苞形，亚洲人才有这样的设计，我真喜欢亚洲的萌文化，可能尤其是日本，每件东西都被萌化（cutesified）了。Harry 表示不能理解萌这回事，又不是小 baby，又不是宠物。Sarah 说，他最恨我说他可爱——但是你真的很可爱！我咯咯傻笑，觉得这样太好了，又担心无以为继。

跟 Sarah 说好找时间逛二手服装店，只为品头论足！还没去成，我就紧急回国了。四月十八号，又下鹅毛大雪，中午太阳出来，金光晃晃，天地间都是回音，像高歌中的凯旋。这里的一切都在继续。朋友开车送我去 Wallace House 还东西，告别；

出来，在第一晚吃饭的街上，看见 Harry。他倚在杂货店玻璃墙上，扣着耳机，皱着眉头，眼睛空望着，抽烟。头顶的雨棚在他眼前滴水，外面炫目的光亮里人来人往。他惊了一下，像一时醒不过来，摘下耳机刚要开口，我已经说，see you！那一幕有一点戏剧化，我能意识到自己转身。当天晚上我离开美国，应该再也不会见面了。

一丁点儿的意义感

选了一门研究生课，"社会运动与抗争政治"。我算是有一点亲身经验，零零碎碎的观察思考，更多困惑，所以有一点期待。提前五分钟到教室，只有一个金发女生，对着一台电脑。我临窗坐下，没什么事。教室很小，长条桌摆成一圈儿，能坐十几个人；靠门墙上有块白色写字板，对面有投影幕布，卷上去了；再上面是个挂钟，秒针连续转圈，看不出一秒一秒，更没有滴答声。匆忙忙洗澡吹头发换衣服赶过来，这才心跳回落，精神松弛，觉得热，静得发痒，莫名失望起来。学院坚实的建筑、强大的秩序，有一种奇异的徒劳之感。

只有四个学生：女生 Patricia，华裔美国人，社会学系博士生；女生 Amy，美国人，政治学系和社会工作学院双修博士生；男生 Johan，韩国留学生，商学院博士生；我。老师 Kiyo 是日本人，大概还不到四十岁，个子不高，很匀称，面目清俊，短头发，上了点发油抓了抓。他还没拿到终身教职，正是最辛苦的时候。有一次上课，他忽然说，我的小儿子上个周末出生了。我就想，多密实的一段人生啊，回忆里的峥嵘岁月；真是一点看不出来，穿特别讲究的一件立领外套。大概确实非常要强，开头第一句就说，"我知道下次课人会多一些"，轻微一丝不满和尴尬。介绍课程设置，发送阅读书目，就下课了。我有一点怅然，果然还是这样，认真准备的事，一旦开始了，走进去，就会觉得特别稀松平常。

早在亚马逊上订了教材，其中一本非常贵，微不足道地减轻了一点负疚感。这个项目发太多钱了。Wallace House 门口挂个牌子，介绍基金会，其中一句说，致力于增进美国人民的知情权。我怎么也推导不出，发钱给我，何以能够帮助达成这个目的。选课以后，所有阅读材料都可以下载，那本又厚又大的贵书别人都没买，每次我堂皇地摆出来，简直像挎 LV 的中国游客。刻意解释就更不好，忍了几节课，好像也就习惯了。

读得算比较认真，用荧光笔画了许多道道。可是其实非常失望，五十多篇必读论文，只有几篇有真正发现，能够说服我，令我对社会科学保持敬意。其余的，或者说些无须论证的废话，或者故意抬杠，过度解读，直接把纽约时报的报导频率当作运动活跃度指针来使用。有一个叫 Snow 的学者，应该是这个领域的权威，两本教材他都是编者。几乎每个礼拜都要读他的论文，有一些非常差，但是发在顶级学术期刊上。Amy 把那一沓打印纸摔在桌子上，说，Snow again！论文都是 Kiyo 选的，可是连他也笑，外面也确实在下雪。Amy 脸有点红了，还是继续说，我想知道为什么这种论文可以发表在 ××× 上？就因为他是 Snow？所以匿名评审也都知道是他？她说话很慢，愤怒也不会高声，更像是惊奇、难以置信。可能还是嫌自己太激动，难为情、又很坚决地说，我真的真的不喜欢他。我向来喜欢看人突破顾忌，这一幕真有点惊喜；本来就可遇不可求，何况是在我始终没能深入的美国。Tom 说，我觉得 Snow 有一些论文写得很好，这一篇也没有那么糟……他向来都有不同看法，那态度类似于“辩证地看问题”，换一个人可能就会非常讨厌，他却只是显得幼稚纯真。

第二次课只来了一个新同学，就是 Tom，社会学系博士生，美国人。二十五六岁，总穿厚绒布格子衬衫，已经有点小肚子了，表情还是个小孩，活泼的蓝眼睛，不论看谁都直直盯着，永远在乐，真高兴的那种，露牙乐，争执激烈也还是在乐。只有小孩才那样，默认状态就是喜乐。他跟我坐同一排，在另外一端，每次都带一个很红的苹果，没多久就从书包里拿出来，在桌子底下摸索，一会儿拿到上面来，两只手来回捯，简直要焐熟了。一般等不到中间休息，就吃了起来，吃完去门口扔苹果核，手还是黏的，伸开五指悬在桌上。有一天 Patricia 说，在 facebook 上看见 Tom 未婚妻的照片，很漂亮啊。Tom 又害羞又兴奋，说他六月份就要结婚了。中学同学，家乡女孩，毕业以后恋爱的。我特别为他高兴，擅自认为那些苹果都是她放进书包的。

Patricia 不会讲中文，说在中国工作过两年，北京和武汉，没说是做什么。她说话我总听不太懂，可能就是美国腔，又快又滑，连成一片，不像 Amy，慢，一句是一句；而且思路非常奇怪，偶尔听懂了，也怀疑听错了，不像 Tom，总是符合模糊的预期。她有一顶红毡子翻毛雷锋帽，有时候歪扣在头上，倒是俏皮，可是显得很刻意。后来我注意到，总是头发有点油，她才戴帽子来。有一次时间过半，她还没有发言，终于开口，很难为情，说不应该有借口，但是种种原因，只看了大概，不知道理解的对不对。接下来我又没听懂，只觉得屋里静得要命，大家都不抬头。

她博士论文要写中国，约我吃午饭，发三四封邮件确认时间地点。我去了，等半个钟头没有人，辗转问到她电话，没开机。下午两点多收到邮件，说才起床，非常抱歉。我竟然没有生气，痛痛快快地轻视她。第二天她提早到了，笑得有一点热情，带我去尝好吃的美国饭，一定要买单，一个小时说了十遍抱歉。我倒不好意思，甚至想到，也许失恋了呢，心理危机呢，谁也不想对生活失控，怎么一不留神就这么势利，对弱者无情。可是又觉得，无限谅解也很不公平，何况是基于想象。那个餐厅非常明亮，Patricia 牙齿特别整齐，白得耀眼。我想起有一天在书店门口遇见她，背一个双肩书包，一个挎包，另外抱着电脑，一点不见沉重，昂然走着，仿佛有春风吹在脸上。每一个碎片都是真实的，我不了解她。

除非有人问起，我不会主动讲到自己那点个人经验。Amy 说她看了一些图片，就再没办法买耐克的产品。我说那样就什么都不能买了，连苹果也一样。Amy 脸一下就红了，把电脑屏幕扣下来，说，真的么，我怎么不知道？我讲了富士康工人跳楼的事，又赶紧补充，在中国，富士康算待遇很好，耐克和迪斯尼也不算血汗工厂，只是NGO刻意选择它们，比较有话题性。Amy说，不管怎样都太糟了，苹果真的很好用，其实我本来不想买苹果，不是因为这个，我不知道这个，是因为苹果似乎不仅只是一个电脑，还是身份的一部分，我没办法接受，我一开始订了一个戴尔……没有人打断她，大概她自己也不知道如何停下来，我一边觉得对不起她，一边觉得喜爱，这样较真，这样容易难为情。

有一次讨论社会运动的组织化和职业化趋势，我说我觉得西方那些高度发达、资金雄厚的社会组织，是一种平行体制，不能算是“体制外”，他们的活动也就不能算是社会运动，应该另外命名。我以为说得中正平和，大概还是暴露了好恶。过一会儿，Amy举起一本书，是Piven和Cloward的名著，叫《穷人的运动》（*Poor People's Movement*），“我不赞同暴力和破坏，但这确实是一本好书。”一边说一边看着我笑。选读的论文中，不时提到这两位作者，每次都很浅，大概已经不是主流，又绕不过去，印象中他们比较极端。回家一查，果然是赫赫有名的革命夫妻。我看着屏幕，想要不要写封邮件，跟Amy解释，我不是革命家，也不打算是，虽然我特别能理解正义的洁癖、革命的冲动。我没写，下次上课听说她暑假要去底特律做社区义工。不是刻意说起，她想以此为论文题目，申请迟交。我不真的了解她，更没问过，只是特别满意地认定，Amy 就是最好意义上最谦逊的理想主义者，愤怒在理性之下，只想做一点好事，谨慎地品尝一丁丁点儿的意义感。

三月底，Amy 发邮件给我，说她有个中国朋友，应该介绍我们认识，大家一起吃饭。礼拜五晚上，在上课那栋楼门口等曾庆杰，忽然起风，大雪里灯光摇晃，我们面对彼此低头扣紧大衣的风帽，一瞬间有时世惊慌命运相连的错觉。她里面戴一顶浅粉色抓绒圆帽，金发流出来，那颜色是小女孩的甜蜜；那么高大一个人，笑吟吟的就像有点笨拙。我心里触动，想拉一下手，当然没有，已经难为情了，心里自嘲，大概是人际关系太稀疏，一丝一粒都看得过分清楚。

（收入本书时有删改，原文见《人物》2013 年 4 月刊）

一个人的暴风雪

二十几岁的时候，一个人住过很长时间，工作也没有，白天黑夜连成一片，那轻飘混沌的迷幻错乱之感，在记忆里非常深刻，像是后来一切的保障——实在不行就回去。这样想多了，就有些美化，忘记了那里面的滞涩艰难，举轻若重。

繁旭走了以后，我再次进入这个状况。一周有五天不必出门，读完四篇论文就好。有时候非常振作，收拾整齐出去吃午饭，在咖啡馆坐一下午，可以读完两篇，做好笔记。晚上拎外卖回家，浑身都是轻松的，简直要跟晚霞挥挥手。多数时候不行。有一天早上醒了几次，翻身又睡过去。实在太饿了，知道冰箱完全空的，想象洗漱穿衣，去日本饭馆儿吃咖喱饭，搭公交车去 Trader Joe’s。看见自己推着购物车，俯身拣一把芦笋，又拿一瓶牛奶。躺着一动不动，像是给下了符。外国人常说的自我动员（self-motivation），大概也不是指这么细小的事，可是我就老想起这个词，下楼洗个衣服都要反复表扬。

有一个朋友从前看过很贵的心理医生，告诉她尝试把自言自语说出声音来——这样就会分裂出第三个自己。不记得二生三的好处是什么，假装是个小社会？有一天中午，家里只剩两个土豆，放进烤箱，怎么也不熟，怎么也不熟，最终拿出来，已经三点多了。急着剥皮儿，热气烫了手，“啊！”了一声，顺嘴说出来，“烫死我了！”被那声音吓一跳，那一个时刻像是突然有了重量，屋子里的许多幻影都纷纷归位。

再没试过出声自语，好像那是一种屈服。我谅解这个状态，没再叠加焦虑。“我不存在”的幻觉一直威胁，天空视角不能停歇，像庞然的后台程序，行动都给拖住了。直到那只眼睛本身成为强烈的存在，带来意识燃烧的纯粹之感，走路都是轻飘的，出门儿就是微服私访。

下午两点韩国餐馆空无一人，要了外卖坐着等，塌腰，双手叠放在大腿上。玻璃窗外晴光晃晃，什么事都没有。我姥姥八十几岁的时候经常这样，空坐着，因为聋，走近了也不知道，眼珠都定住了，让人疑心根本不眨眼。那景象里没有悲哀，生命稀薄但是安稳。一个戴棒球帽的男生推门进来，轻声点了菜，在角落里坐下，低头玩手机，一会儿放在桌上，双手插进棉衣口袋，靠住椅背，望向窗外。这是在等电话么，是他紧张的人么。果然震响了，立刻拿起来，走到外面去，瘦高一个人，低着头在门廊里走来走去，不时停下来，用脚尖磕打裸木地板。多么温柔啊——我擅自认为猜中了，一阵小得意。

醒过来就是看人。热闹闹一桌五个人，话最多的那个女生有点胖，笑起来十分豪爽，就有点为她难过，疑心她喜欢那个沉默的打了一圈儿耳钉的男生。单独一对男女，还不是情侣，但是非常暧昧，讲韩语，一句听不懂，可是感觉到人在那种情境下赤裸裸的虚假，当事人以为非如此不可，彼此忙着解码，旁人看着就非常尴尬又着急。当然这全是我狂妄的猜想，有时候根本就是设置。老板四十几岁，白人，没怎么发胖，但是发际后退，即将谢顶了。他总是亲自坐台，久了认识，我才微笑，他就说，还是鱿鱼饭？打包？脸上有一点倦怠，又有一点高兴，不像是有心事，也不像是无忧无虑。正在接受人生不过如此？漫长的坐以待毙？太残忍了。决定认为他是曾经沧海心如死灰的人，应该有个韩国老婆，从来没见过，那就是韩国前妻！心里咯咯咯地乐。

走路去最近的 Kroger 超市，也要半小时，高速路口有一家 OK 店，远远看见就亲切起来，想里面有没有豆浆和关东煮。一次也没去过，可能是故意的，留着这个疑问和趣味，不舍得消费。风不大就骑自行车，以前租客留下来的，车把很低，要躬着腰骑，穿大厚棉袄有点狼狈。当然没有车筐，几个塑料袋前后挂着，只能推回来。快到家的路口，一辆车停下等，隔窗看见是 Alec 的妻子，好像叫 Jane，一瞥间觉得她神情有点焦躁。后排坐着她儿子，贴着车窗张望，蓝天和树枝叠在他的小脸儿上。六七岁，茸茸黄头发，很漂亮，应该是放学归来。Jane 金色短发，绿眼睛，浅淡的脸，敏捷安静，很少来，来了也气定神闲，没有任何社交的兴奋与焦虑。在门口换衣服碰见，说她两个儿子都长得很像她，她笑得友善，说大家都这么讲——这就是全部交往了。没期待在 Wallace House 以外的地方看见他们，平添一张画面，仿佛了解深入一层；自己也像是暴露了，当然她没看见我，可是原来并不安全，我不是透明隐身人。

坐公交车去另外一家 Kroger，那附近有中国超市。撑满一个双肩书包，又拎两只大塑料袋。在商业街下车，阴冷的深冬的傍晚，稀稀落落几个人。离家还有十五分钟，先拐到台湾餐厅吃饭。窄小的双人桌，书包放对面，塑料袋堆在桌子底下，漫到过道上，伸出腿拢着，有一点尴尬。餐厅不讲究，橙红几点灯，光影幽微交叠，是漫不经心的文明。又觉得快意，我比文明更真实。吃完一锅三杯鸡，负重出来，迎面就是逼近黑暗的深紫色的宇宙，星星还没有几颗，路灯顺着长坡迢迢无尽，像明信片。我不信任明信片，美和情调让人不踏实，站在里面逃不出去，更不能否认。

从 Trader Joe's 出来，是过分明亮的午后，站在高速公路陡狭的路肩上，偶尔一辆车，像张开了翅膀，呼啸着掠过。小小一块站牌，立在广阔的晴朗里，手绢似的小方影子，落在灰黄的草坡上，过冬的草茬子，映着阳光也是闪闪的淡金色，一颗一颗仰着头。怎么站在这里？真像一觉醒来，头脑被强光照耀，什么都想不起。一个人待久了，出门儿很容易这样。另外一回，下午，没风没雪，空气冰凉，走在回家的路上，也并不必回家，忽然很想跑，就跑起来了，越跑越快，轻松异常，是起飞前一刻的狂喜。

三月底有一天非常热，从外面回来，一路的门廊上都是年轻人，对着春天不知道怎么办。前面一家大 Party，音乐放得震耳欲聋，老远就听见，真觉得“脚下这地在动”。得有六七十人，草坪上，门廊里，二楼露台上，屋顶上，喝啤酒的，跟着音乐乱扭的，狂笑不止的，一个小伙子绕着圈子跑，另外一个追他，到一半放弃了，躺倒在地上。走过去挺远，身后轰然爆笑，像一团蘑菇云。我竟然还是觉得不尽兴，就只有这样了么。

那几天春风狂野，一停下来就晴寂无声，像一个港湾。中午回来，在小商店买了两盒草莓，脚步就弹起来了。进屋把五扇窗都打开，春天的空气涌进来，无声的音乐轰鸣，冰箱都要活过来。水龙头也是欢腾的，打在池底砰砰砰地响；玻璃碗上的水珠，一颗一颗跃然有生气。我裹着大棉袄坐在厨房的窗口，把草莓全吃了，又坐了一会儿，胃从里面冰出来，好像刚刚释放了、镇压了一种疯狂。

礼拜二上午，在那个窗口看垃圾车，伸出长臂，把垃圾桶夹起来，倒过来，再放下。像儿童图画书里井然有序的小镇，居民可以是兔子，也可以是小猪。Mike 和 Jeremy 主动承担推垃圾桶的责任，有一次大概忘记了，我早晨看见，知道他们还没睡醒，自己下楼去后院推出来，有一点实在感，参与了从前观看的事。隔几天碰见 Mike，他还记着，问是不是我，又道歉又道谢。房子两头开门，他们俩总替我扫门前雪。两个大个子，并肩推雪推子，边走边聊。暖气太热，我总开点窗，声音从窗根儿底下浮上来，真切得有种侵犯性。等他们走过去，才拨开百叶看，还是侧身躲在墙边上。这真是隐秘的生活。

春节时候赶上暴风雪，收到学校邮件，让准备三天的食物。到最近的杂货店买饮用水，窄长脸的意大利男人坐在阴暗的收银台里，说，今晚会有暴风雪。简直像个渔村。夜里雪真的大起来，烈风呼号，歇一歇又来。熄了所有的灯，合上电脑，把百叶窗全吊起来，坐地中间，安安稳稳地看。有一点表演性，可是不然就不知道怎么办。夜灯里的狂雪，一浪一浪拍过来，真要把人、把一切吞没。定睛看一会儿，也就是那样，电影里的灾难镜头，总是停在屏幕后面。疯狂确是自然而然的事。到窗口去看，被路灯照亮的树木，汽车和垃圾桶，还有别人家修建的小小木仓，都像一场大戏的布景，要有一个小小的人影走进来，这一切都成为悲哀的狂飙的命运的隐喻。当然没有人，通亮的窗口后面也没有人影。人配不上，生死之内的悲剧从来都不能这样浩大完整。

雅雯

雅雯穿得不讲究，长头发随便披着，是毫不在意的做派。好在眉清目秀，圆圆脸，正是西方人想象中亚洲女生的样子。有一次她说，出来见人总要搽点粉，算是尊重吧。可是经常涂得太白了，就像是消极怠工。是真舍不得时间，同时在读耶鲁的法学博士和密歇根的社会学博士，打算七年之内都完成——多数人读完一个也要七八年。"妈妈在家给我带女儿，我在这边臭美打扮像什么话！"女儿八岁。五年前离婚，要彻底换一个生活，本来也是想出来读书。之前在台湾作法官，"本科毕业直接考取，名次很高耶，那个不是普通公务员考试，录取比例非常非常低，一般都是研究所毕业去考，要考几年。""哈佛我也拿到全奖，不过法学是耶鲁排名第一。"她说这些话，并无得意之色——对已经赢得的游戏，多少有点轻蔑。对此我毫无异议。我喜欢真正骄傲的人，他们对自己的要求比这个世界高。

雅雯像个苦行僧，非常快乐。每天睡五小时，游泳一小时，吃一顿正餐；不论什么事，“就去做就好了啊”，课业忙，朋友又多，总有杂事要照顾，总能安排开，从不抱怨，累得黑眼圈遮不住，也还是喜盈盈的。“可能因为我信佛，我们家都信佛啊，我每天都拜拜。”“有时候也会烦一下，去游泳回来就好了啊。”“我有跟我女儿一起学钢琴，本来我是弹古筝，音乐真的能让人平静。”“画画可能也很有帮助，我之前没这么忙，一直画国画，画工笔啊。”到了这个程度，我简直要疑心她是一个空洞的人，一个精装白痴。可明明她是那么强烈的一个存在，明澈又坚定的理性，真挚又温暖的感情。难不成就是天生的？

人生中途找到自洽，有一段几近圆满的旋转，这事是有的，但是我总以为那之前有一份契约，割舍、决心、再不回头。要不怎么成呢，怎么从这世界的芜杂迷惑里脱颖而出、认定自我呢。可是显然，这只是某一类人的故事——是的，我的经验不是真理。这种时候实在憋闷，那陌生感简直难以容忍，又必须尊重，总不能眼睁睁自欺。

除非特别忙，雅雯每个周末跟我吃一次饭，不来还会打电话解释，好像她有这个义务。当然是看出来我太寂寞，总是说，天昭，跟你在一起真的很愉快。带我去树林里徒步，比长春南湖西岸那一片更广阔、更茂密。可是北方冬天的枯灰的大树，就像亲人等在那里，忽然就放心了，你没有逃出去，你逃不出去。可是这个雅雯是谁，怎么也在这里，再看看她，还是陌生的。真是错乱，赶紧说话岔开。到湖边，小冷饮店前头，有一片木栈台，摆了几只桌椅。我们坐下吃冰淇淋，太阳照着银波耀眼，湖上的水汽凉瓦瓦浸过来，远处有人划皮艇，回想起来自己都不信，我真的看见了那壮硕的胳膊上闪闪的金色的汗毛，生命凶猛蛮劲的那一面，令人胆战。这是异族他乡。我们那里的人不是这样的，虽然这不值得炫耀。我跟雅雯说，你知道么，我觉得移民这件事很吓人，简直像是前半生那个人死了。

我去过雅雯住处，整齐的一个小套间，客厅临着大草坡开落地窗，夏天应该随时可以走出去，出去就是漫山遍野。本来说要给我做笔录，研究需要。可是就不顾肉麻谈起了人生，甚至又各自倒了一杯酒。傍晚时候开始下雪，没有风，树叶大小的雪片无着无落，悄寂轻慢，在赭红色的窗外流连。没开灯，看不清她的脸，声音飘过来，每个字都拖着一个幽幽的影子。

简直像是恋爱。我累了，委下去半躺着，她的故事太惨重、又复杂，跟眼前这个轻捷明达的人联系不起来，只觉得处理不动，感慨不来，想要闭眼睛，把这一切混入梦境算了。又无法放过这恍惚，意识死死抓住要求解答，为什么大老远跑到这里，在荒虚的中心，敞开自己、走进另一个人生命的深处？

本来以为年轻才会这样，精力和热情都过剩，彼此有点喜爱，就扑在一起亲密起来，把那一点点人生和体会拿出来大讲特讲。过后无以为继，也就冷淡下来，见面还有点尴尬；或者际遇把人分开，失去联系。人生哪有伏线千里这回事，明明是一把碎线头，揪不出因果。六月份雅雯真的来了北京，我陪她做了两个访谈，仍然是轻松愉快的。然后她就回了台北、又回美国，后来也通了几封邮件，她不是没话找话的人，我过了没话找话的年纪，就待在彼此的通讯录里，像一段往事的封面。

（收入本书时有删节，原文见《人物》2013年6月刊）

大米

大米比我小两岁，晚一年读大学，就在隔壁校，曾经路上擦肩而过也说不定。她的心境，朋友中常有类似的，我似乎也经历过，因此自认为非常了解，说起来特别武断，她气死了，跟我大吵过两次。谁和谁的什么能一模一样呢。

起先是 Kiyo 介绍她和 Patricia 给繁旭，三个人大概谈的不错，喝了咖啡之后说一起吃午饭，叫上我。开车在高速路上走了一段，仿佛出了城，在荒原上孤零零一处小平房里，吃红彤彤的湖南菜，讲国内的公知们，NGO 们，确实有点可笑，行万里路还是说这些。大米做 NGO 研究，后来给我讲某知名领袖的丑态，真是令人鄙夷，超出我最大恶意的揣测。我从来不接受公德和私德可以分开。

吃过饭，Patricia 终于脱身，大米说带我们逛逛。开车往北，不知是哪里，树林时疏时密，偶尔一两栋建筑，想那里面暖气烧得滚烫，还是觉得孤寒。路上没什么车，开得很快，大米说夏天就要小心，经常有小鹿忽然穿出来。路过医学院，介绍它的成就，北美的医学院中……我像是特别善于屏蔽这类信息，听过就忘了，不过真心感激这殷殷好意。生平第一次体验到"老乡"这回事，在别人的地界儿上，这种心理联结特别实在。

礼拜天带我看本地农产品集市，我笑她知识分子趣味，她也不介意，说并不经常来，没时间，也买不起。结果那天散的早，没赶上。大暖房似的玻璃顶底下，种着许多绿色植物，也不是十分繁茂，到底是冬天啊。还有小盆栽，摆满了两只铁架，没有人，不知道是不是要卖。我始终没搞清楚如果有集市到底是摆在哪里，也没仔细问，饿了，吵着要去吃饭。转去她知道的一家地道美国餐馆，小小一间，站满了人，没放音乐，还是非常吵；金发小伙子只穿短袖 T 恤衫，举着一个盘子挤出来，坐在门外的木板台阶上，放在膝盖上慢慢吃。太阳很晒，也没有风，台阶两侧的草地上，大片没融化的积雪。我像是忽然睁开眼睛，看见了小镇的活力和寂寞。

吃完出来慢慢走，经过一个十字路口，四个方向都是小店铺，算商业中心吧。大米说，附近几个镇的人，都来安阿伯买东西，吃饭，看演出或者展览。我憧憬起来，春夏集日，绿树亭亭，无尽的金色的午后连着橙红的黄昏，露天咖啡座里微醺的人。重病者最思念的时光。那天没有逛，后来独自去过几次，什么都没买，只是放纵想象，宠物鸟停在肩膀上，不时飞出去，又落回来。

带我去听音乐会，柏林来的，似乎又不是爱乐乐团，我没搞清楚。听不进去，可是并不厌烦，在音乐的压迫下屏息静气，紧张警觉，想法跳得非常快，又被演奏声惊回来，像不断醒来的浩瀚的梦海——也是个新鲜的体验。而且我喜欢那个气氛，观众表现出几乎是过量的尊重，有一点想象中的古风，让人相信艺术仍然可以是一个独立的价值维度。附庸风雅有它的积极性。

从音乐厅出来，路灯照着小广场，像又一个金色的舞台。飘着雪。安阿伯真是永远下雪，离开家乡十五年，第一次对雪感到饱足。还有风，在路灯底下，雪沙裹着头发扫过她的脸，是文艺电影的镜头。她讲起最低潮最难熬的那一年，当然还有前男友。我觉得非常难过，这故事完全平庸。她的痛苦是准备好了，遇到这样的人这样的事，也只好放出来，白白浪费了。

大概她也为此多加了一层委屈。我又武断了，不敢说出来，可是她多少也知道。

其实大米很忙，在写博士论文，又有助教的工作。住得远，尽量每天来校区，在家不行。她办公室我去过一次，非常大一间，分成许多小格子，刚能容下电脑桌和一只书架，两个人站着都紧张；各自有门，可以上锁，但是隔断不通顶，可能只有两米，像厕所一样——还不如普通的开敞写字间。有时候看见她在 facebook 上更新，想到是在那小囚笼里工作，就十分难过；也许只做了一两个决定，就走到这里了，life is slippery。有一次在车里，大米强硬甚至愤怒地对我说，我热爱社会学，喜欢我的研究，工作让我快乐。可是她并不快乐。你怎么知道我不快乐呢？——我真有点害怕她。

春节时候她预备了许多中国糖，打算送给来面谈的学生们。剩下许多，叫我去拿。好像是周末，大办公室里再没别人，顶灯也只开了一排，照得人脸上青皓皓的。我们一起走出来，灰黑的阴天，飘着小雪，眼看要下大了，她急忙忙的要去哪里，跟我说抱歉。走开很远我才想到，刚才应该说，你活得理直气壮一点儿啊。小女孩儿式的甜蜜，小天使的心情，其实在成人世界有点不合时宜，仿佛存心要感动谁。我自己也常常忍不住要这样，了解那里面的懦弱和笨拙：对真实的人际关系有种不祥的预感，要提前伪饰起来。

我试着用黄油煎三文鱼，居然很成功，打电话跟她说，你来啊，我做给你吃。有一天中午说过来，推迟了两次，到了已经快三点。戴着妆，脸色就像还好，可是眼皮都快抬不起来了。看她吃饭，简直有慈爱的心情。吃完了说，你这儿真舒服啊，我躺一会儿啊。蜷在沙发上，很瘦小，像一只生病的小鸟儿，收了翅膀。当然睡不实，我觉得她眼皮都在抖。说一会儿有游泳课，就不回办公室了。起来在客厅的桌上打开电脑，劈劈啪啪敲起来。想起忘了带泳衣，怎么办呢，回家去拿么，肯定要迟到了，那老师特凶，我很笨的，两个月了都没学会，不能再请假了，请过好几次了。天阴下来，开始飘雪，格外觉得路途遥远。她还是回家去拿泳衣，我从厨房窗探半个身子出去，看她发动起来，开尾灯，倒车，转过头，开出去。

有一天非常无聊，找出一条项链戴上，就忘了摘。大米注意到，问是不是 ××× 牌的。她穿的用的都讲究些，在这事上花心思，我有时候忍不住就带点冷嘲热讽。她攒着生气，终于辩论起来。这事哪说得清呢，你有追求时尚的自由，但是你能不能不要被时尚压迫得不自由？你怎么判断人家被压迫了呢。仔细想确实是我的错，不应该指手画脚。可是两个人关系只要一放松，真实的看法就跑出来了。吵架是另外一回，竟然因为奥巴马。一群人狂热的喜欢一个人，不管是奥巴马还是乔布斯，都令人反感，而且我不相信在这个过程中奥巴马是完全无辜的。大米认为我完全不了解奥巴马和他的政策还有美国国情，你就是傲慢自大！——好像也的确如此。反正是吵起来了。

说了好些次，要做饭给我吃。终于倒出空来，才下午就到楼下，按喇叭，有股高兴劲儿。春光斜斜，一路送过去，像是车里放着乡村歌曲，有开阔健朗的幸福感。她跟另外两个中国女生合租一套房子，厨房里东西堆得乱糟糟的，我坐餐桌跟前，看她扎着围裙做饭，说闲话。一位室友进来拿东西，目不斜视的，大米说——我朋友，那女孩像是没听见，自顾上楼去了。大米讲了她几句，保持着难得的轻快的心情，没怎么恶毒，可是关系坏到这样，很难诚实。

一会儿就做好三盘菜，一锅汤，都非常好吃，正热烈赞美，又端上来两碗芒果布丁！说是超市买的布丁粉，其实很容易。

大概我在她身上代入太深，连这布丁也让我有点伤感。那精致的热情，像某一个巨大完整又逼真的、理想的碎片——谁都有过吧，少女对爱情、儿童对未来、拒不接受现实的人用来否定一切的梦幻。比破碎更残酷的是，它留在成年人身上的无尽沮丧，看起来一点都不无辜，好比一个病人，多数时候令人厌烦。只有上帝有能力爱我们。

有一次我在社会学系下课，正要赶去 Wallace House，大米找我，陪我穿过校园，直送到门口——说新近的一桩烦恼。那一路踩着绵绵的大雪，我自负地生出责任心来。散场了找她吃饭，把她当成问题要解决，她又发火儿了，委屈得要命，一直哭。后来也和好了，晴朗的周末的中午，我们吃了韩国饭，在陌生的街区散步——知道不可能，但印象中是林荫路，翠嫩的枝条筛落的金色的阳光啊——讲她的新恋情。爱情带来的红扑扑的笑脸当然不可靠，但也是真实的呀，我跟着她一起高兴，心里偷偷期待，从此好起来吧！难道不是么，有时候人想要改变，全都准备好了，只缺一个借口；或者像电击心脏，救过来了，它就会自己跳下去。

看不见的安阿伯

有一阵经常去 Borders 书店二楼的咖啡厅，叫西雅图最好的咖啡，大概跟书店绑定，之前在加州也看到。生意不太好，总能占到窗口座位，冷空气从窗玻璃透过来，侵到胳膊上，肩膀上，待一会儿就凉透了。累了看楼下行人，很少结伴的，都是在风雪里独行，仿佛个个怀揣心事，而人生在静默的悲哀里有点尊严。有一次隔壁桌坐了一位年轻妈妈，陡峭的鼻子上架着无框眼镜儿，缩着脖子，盯着电脑屏幕看，低头在又厚又旧的活页本上写。她的孩子就在桌边的婴儿车里，睡醒了，吮着安慰奶嘴儿，睁大眼睛不知在看什么，一声也不哭。真是美好。

总想起在伦敦牛津街的 Borders 听唱片的事。大耳麦扣住，随便什么碟什么歌儿都是好的，正是要那偶遇。真想随歌摇摆，宣誓自由自在。玻璃窗外的街景，轻飘飘像要卷起来。自我感动达到一个强度，几乎可以乱真；回头想起才明白，那无处突围的热情是真的。另一回在 Paperchase 文具店流连，样样都好看，又买不起，卖彩色原子笔的地方有个试写的白本子，画了几道，恶作剧似的，写上自己的电话号码，Call me!（打给我！）叫同来的朋友看，压住声音狂笑。年轻，爱演，仿佛这样才算融入大都市——就是这兴致让人怀念。

这书店里也有 Paperchase，就连着咖啡店。倒是买得起，可是已经不怎么用纸质本，也不像从前爱送人小礼物。总算买了一瓶脚霜，住的地方暖气实在太热，干燥得脚跟都裂了。熟黄色瓶子上画一只小鸟，许多枝叶，十分好看。以前没留意他们还卖这个，就猜想是生意下滑，环顾四周，真没有第二个客人。三个月之后 Borders 正式破产，我才知道安阿伯是它的发源地，反复查证几次，还是觉得不可思议——我真是不了解这个地方。

超级碗周末赶上 Justin 生日，实在不知送什么好，想起在 Borders 看到过英文版《杜甫诗集》，就去买了一本。在伦敦买过一本二手英文唐诗，非常吃力地猜原文，猜到就特别乐，乐完再看英文版，真失望，韵味尽失。Justin 尽职尽责问我这个诗人是谁，我想半天只能说，像莎士比亚一样重要。想到自己并没读过莎士比亚的诗，没资格愤恨 Justin 不懂杜工部之沉郁。

Borders那条路走下去，不远就有一家二手书店。一块钱一本的甩卖书摆在门口纸箱里，纸箱坐在小木凳上，倚着打开的木格子玻璃门，门上张着常年回收旧书的招贴——不知道为什么，觉得像自己根本没去过的日本。店主不在，小柜台后面空着。下几步台阶，转进去才知道容量很大，住宅楼，墙柱打不开，九曲十回，颤巍巍摞到顶，过道又特别窄，胖一点就要把书蹭下来——比公共图书馆更有压迫感，书山无路。找到文学那一排，还是认不出几个作者名字，就彻底放弃了。绕过来看见一本中国画册，翻开一张水墨山水，愕然惊叹，怎么这样好！底下小字拼音我看懂了，董其昌。我知道这个名字，也只是知道这个名字。这一次真的羞愧，我渴望知道更多。走出来，外面阳光刺眼，我想象如果是陈丹青，刚才也许就是几要落泪的时刻。用这小聪明逗自己，心底还是停住一片惆怅。

Borders斜对面有一家服装店，很大，半仓储式，路过就进去看一眼，东扯扯西看看，沾一沾本地生活的气息。赶上打折，买了一双长袜，拎着小纸袋推门出来，觉得十分充实！兴致来了，又去旁边Parena Bread买山核桃甜面包，外带咖啡，捧回家去，坐在沙发上慢慢吃。有时候专为这甜面包来，比书店二楼吵闹，可是也有吵闹的好。旁边桌坐四个学生讨论小组作业，高声争辩，到激烈处竟然拍桌子。瞄他们，绑宽发带的黑人女生胸真大，那个金发女孩怎么说话那么快，迫切得令人心烦——生命力汹汹地辐射过来，好像炉边烤火，一会儿他们散了，简直失落，觉得那空桌都是温热的。也许是春天来了，也许是就要走了、刻意遗憾，竟然生出要在这里开展生活的心情，想起自己几乎一个本地人都不认识。

有一次去机场，出租车司机爱讲话，说热爱东方哲学，一本道德经看了二十年；又说相信意愿的力量，乐观的意愿会改变能量场、回收正面结果……这人四十几岁，潦倒相，灰白的长脸，土色卷发像是几天没洗了，门牙也掉了半颗；临下车付费，一百块找零，拿出巨型计算器念念有词。说话间颇有神采，两只灰眼睛闪闪发光。不知道他是不是经常这样自信又快乐。他跟女儿一起生活，我没好问孩子妈去哪了，只担心他做饭难吃，家务糊涂，又想女孩子立事太早，习惯了照顾人，一辈子辛苦。果然，——我女儿聪明得惊人，成绩非常好，基本都是A，十七岁，明年就上大学，她没问题，她在争取奖学金，她肯定要读大学的，我女儿，你知道我真的以她为傲，她知道自己想要什么！而且非常努力！我像是走进了他们的厨房，看见父女俩在惨白的灯下吃饭，女孩子先吃完，洗了自己的碗，默默回房间去了。不能控制要模拟那少女的要强的心，也许厌恶她父亲，也许同情，应该都有——在那个年龄那个处境，怎么可能平心静气看出他的可爱。

有一天特别暖和，下午在家，想起可以去邮局寄电费支票，立刻就穿衣出门了。骑自行车放长坡，春风吹着头发，十分陶醉，仿佛就是在这小镇上长大的，随时要给熟人拦住。就想起那出租车司机的女儿，想象她离家多年，终于回来，过无声无息的生活，也许带着两个孩子？

四月初繁旭来了几天，算是送我。礼拜六早起开窗，闻到一股大麻的甜味，比平常的浓重。楼下两位偶尔抽一点，周末开 Party，十分安静，只有一段频密的开门声，也不寒暄，啪地又关上，像地下组织的默契。那甜味从暖风道喷出来，我想象他们瘫在沙发上，飘飘欲仙；自己在楼上这么清醒，像一块顽固的秤砣，把云彩都压破了。

中午出去吃饭，到处都是大麻味。快到法学院，路上人就多起来，到小广场，聚了有几千人，密麻麻站满了，挤都挤不进。

许多人奇装异服，就只是那样奇装异服地站着；许多人东张西望，眼睛锃亮，有点过度动员的兴奋，又没有目标；也有的铺了毯子，在外围有阳光的地方坐下，吸大麻。好容易找到发放手册的角落，拿了一本。这活动叫Hash Bash，嬉皮聚会，要求大麻合法。六十年代末，一个诗人因持有大麻被判十年，引起广泛抗议，终于在一九七二年三月，密歇根州法院宣布，用以判处该诗人的法律违宪。于是密歇根州大麻合法——直至四月新法实施。在自由时光的最后一个周末，有了Hash Bash狂欢，一直持续下来。

又说安阿伯这地方，在六七十年代是左翼重镇，今天至少仍然是对大麻管制最宽松的地方——警察抓到，罚点钱就算了。繁旭又说，密歇根大学的中国研究中心，当年是全美核心，现在许多声名赫赫的专家，都是彼时此地的精英毕业生。我猜想他们八成得是毛粉，后来幻灭了么，彻底么，现在以什么立场来研究中国呢——这想法一闪而过，就有点厌烦自己。到底他们是他们，我们是我们，不能期待。又暗暗失落，以为来到最普通没有名字的地方，看到作为最广大背景的最细微的荒芜与活力，藏匿在真实的无尽空洞里，有永恒的意味。可是不能一直自欺，安阿伯有名字，而且是个有点特别的美国小镇。不过也许只要愿意听，每个小镇都有故事，谁也不会成为自己的背景。

人群中心响起重金属的音乐声，远远望见一个临时舞台。我们鼓起勇气，挤进去，假装成为欢庆的一部分。快到舞台对面，又给挤出来，最远处有几棵灌木，周围空着，六七个哥特妆的姑娘小伙儿，蹲成一圈儿吸大麻，女生穿着低腰裤子，短棉袄，白花花露出一截腰。七十年代，什么样呢。歌声停了，蓝天悠悠合拢，人类的无所适从的心，赤裸着。还没有散去的意思，我们空站了一会儿，决定去吃饭。路上还是花花绿绿许多人，也有赶过去的，也有散出来的。这小镇也像抽了大麻，化了浓妆，忽然大声打了一个招呼，吓人一跳又亲切起来，原来她也是一样的不甘寂寞！

那天逛了一下午，真的有点告别的心情。在偏远的不知道哪里，遇见一间巧克力店，小小红砖门脸，深褐色木门，里面点了两盏灯，照着两只玻璃柜，稀稀落落几堆散装巧克力。店员没打招呼，在阴影里没有表情。木地板咯吱咯吱响，我们推门出来，怀疑店主是个巫婆，就大乐起来。仿佛这个地方有无可穷尽的深处。

探亲访友

婷婷妈是我远房堂姐，在我们小时候常来，带着婷婷，四五岁，梳个童花头。走了妈说，这孩子身体好，你看那头发，油黑油黑的。打她上小学就没见过，转眼听说保送北大了。来过家里一次，高挑大个子，弯着眼睛笑眯眯，娴静镇定，有问才答，简短清楚。前两年过年，堂姐说婷婷，外交部面试都过了，又不去了，非上美国去读那博士，芝加哥大学，好是好，就是太远了。又说打读研就没跟家里拿过钱，做同声传译，一小时五六千。我想起二〇〇四年夏天，在公交车上看见婷婷，挎着一只皮包，拉着吊环，精干笃定的样子，是个脸熟的陌生人。才要说你去哪儿啊，就到站了，再联系啊，转眼我就去了广州。十分偶尔想起来，像宝玉一样遗憾，怎么没能亲近了解。

在芝加哥大学网站上搜，就找到了婷婷，写邮件过去，她说最近不太忙，约我去玩。我本来要去香槟城看望朋友，索性在芝加哥停留两天。

婷婷电话指导我在机场坐地铁，坐了得有二十站。列车很旧，有工业时代遗风，在黑暗的隧道里叮叮咣咣，像是来自历史深处的自信心，令人嫉妒。到一个大站，扑上来五个黑人男孩，抢占刚倒出来的空座。最大的有十三四岁，小的也就七八岁，坐我旁边，委身探头看大孩子玩手机，跟着叫好又惋惜。手机很旧，边角上金属漆都磨掉了，该是家里大人用剩的。对面两个喊喊喳喳说话，另外一个憨胖，歪仰在车厢壁上，没一会儿睡着了，大脏书包软塌塌堆在脚边——该是放学回家，可是怎么坐那么多站，没有学区么。真像《美国往事》。

地铁口出来，冷风从碧蓝的高空倾泻，有万斤重，要把人按回地底去。四车道的小马路全在高楼的阴影里，几乎没有行人，两面毗连的壮拔的石楼，确然印入蓝天，有健劲的崇高感。这正是想象中的芝加哥。婷婷迎面走来，穿长黑大衣，比印象中成熟许多，再次是个陌生人——突然意识到此时此刻，记忆里的一切永远过去了。

她住芝大宿舍，独立套间，家具也是标配，没有零碎东西，沙发上没有靠枕或者乱扔的衣服，简直冷清，像旅馆。只有梳妆台上摆满瓶瓶罐罐，集中展示生活的热情。做韩国研究，可能受点影响，妆化得精细自然，很好看。说总是搬家，男朋友在北京，夏天回去三四个月，把房子退了，东西寄存朋友那，回来再另找。做毕业论文，又可能去韩国一年，华盛顿半年——查数据，当然要看项目能不能申请下来。我听着都觉得累心，她也皱点眉头，表演性撒娇，赶紧写赶紧毕业就好啦。

我们都是从自己妈那儿听到对方一星半点儿，彼此有许多疑问；又有青年朋友间无话不谈的几乎轻率的信任，问得毫不含糊。从日本餐厅出来，已经是清冷的漆黑的夜晚，路灯底下纷纷地起风了，大雪松微微扇动翅膀，那情境，好像写在纸上的一封信，朴素又庄严。我觉得满足，又震惊于自己的窥私欲。喜欢人生，命与运激荡融合，总是意料之外、情理之中，最好的小说；喜欢人，无缘无故，徒劳而执拗。强迫症似的，晚上又细问，增添许多画面，模拟愉悦狂喜、犹豫挣扎。肾上腺素爆发，睡不着。窗帘缝透进路灯光，打出一道在床尾墙上，定定不动，像不瞑之目直直看进来。

婷婷尽职尽责安排观光。上午在校园里看罗比住宅，我只记得是莱特的，看到才恍然，原来是它啊，还默过平面图。考完西方建筑史，从四教出来，杨树梢稀疏，道路裸露在冷蓝的天空下，吃饭还早，不知道要去哪。寒假前那几天校园里有种慌张寥落。十几年前那个时刻还在我的身体里；也许只是没睡好，当下比记忆更像幻觉。摸一下壁炉，不启动联想，就什么都感觉不到。意识雪亮之下一无所有。下午去看密斯的湖滨公寓，不让进，就算了。倒是湖上的劲风，真如猛虎，万里以外加速袭来，天凝地闭，海立山奔——扑一个空，万物屹然。我们背风走远，在小街边温暖拥挤的咖啡馆，唏嘘着坐下。

第二天李月来学校接我，我说打湖边走；车开得飞快，还是觉得辽阔。巨大无情的事物，让人想要相信神秘。李月说要在芝加哥买个小公寓，镇上待腻了，过来住两天。我听了很神往，兀自认为有临湖落地窗——裹着丝绸浴袍在窗前站着，拿一杯红酒，像电影里即将被干掉的女主角！她大笑，来了一句东北话——那必须的！

我们是高中时候最好的朋友。入学就同桌，没几天交换自己最喜爱的书，还书的时候讲感想，激动得语无伦次。她妈妈出长差，写信给她，她拿给我看。我姐的信我也拿给她。有一阵每天教对方背一首古诗词，背完感慨，这都从何想来！那时候是真的爱学习，古文和英文有些语法完全相同，物理和化学有些定律极其相似，我们为这些事兴奋，又为彼此的共鸣感到幸福。

到家已近午夜，李月妈妈拉着我的手，笑得特别慈爱，咋这么瘦了呢，是不是写稿儿累的！转身要去厨房弄吃的，被我们拉住了。李月在楼梯上跟我说，我妈可喜欢你了，你干啥她都说好。中学时候我回家说你吃饭特别快，狼吞虎咽的，你猜我妈咋说，她说，要不说刘天昭这孩子，干啥像啥！——累得要虚脱了，笑都笑不动，眩晕中看见过去未来穿梭无序。

中学时候李月打电话来，才说一个“喂”，妈就说，昭啊，李月儿！转头说，这小李月这小声儿，那才娇呢，“喂——”。到现在妈还会打听，李月咋样了？我说好啊，这也好，那也好，换男朋友了，毕业了，当教授了，商学院特有钱，买大房子，结婚，生了一个女孩儿——妈每次听完都艳羡，多好，你看人李月多好。有一次妈表达对我的担忧，我说，那你想我怎样，她脱口而出，我就希望你像李月那样。

十八年里从没这么想过，至少意识层面没有。我是跟自己过不去，她是功利心淡，都不习惯跟人比来比去。大学以后也不在对方的生活里，可能是绝对信任，不会刻意维系，住同一栋宿舍，也只是偶尔遇见。她很快恋爱了，背着羽毛球拍骑车在路上，兴冲冲，说是要赢男朋友，战术琢磨了半宿。运动迷，另一回在水房门口，欢天喜地说爱上了垒球！原来李月是这样一个小疯子！这想法划过去就没了，我正有自己的烦恼。毕业出国，一年通一两次消息，她还是那样，整天傻玩儿，关键时候一认真，就都弄好了，让人十分放心，我也就没怎么打听那些必然的细小的波折。

可是她是我人生最牢固的参照。三十几岁，像是迷入深山，回望不穿，从前、从前，说起来是另一辈子的事。见到李月，多少会觉得欠一个交代，并且生出一些勇气来——不能堕落，不能蒙混过关。一九九五年，有一天中午，我俩扯一本《普通物理》看，到哪一段，豁然领悟，同时惊呼，无法表达，真的手舞足蹈。智力的美与纯粹，和少年对美与纯粹的激情，融合照耀，分不清楚，是一整个的金色的狂喜。人生与友谊真有一些时刻自动定格。我们之后很多年也没有提起这事。

那天在芝加哥吃过午饭，乘观光船看芝加哥河两岸的建筑，各个有名，一个都叫不出。本来是讲我所理解的建筑史，就说起大学时候，我是怎么了，一脚陷入泥潭，什么都看不见，不关心。这点经历她大概也了解，可是不愿意接受，总是盲目地认为我必须必定牛逼闪闪，我说服不了她，羞愧得几乎恼了，她又换一个角度为我辩解，让人无地自容又深深感激。她总算说起自己，说要做到现在这样特容易，根本不用费劲儿，可是自己心里知道，并没有任何真正像样儿的成就——要么是懒，要么是不够勇敢，承担不了野心。她当然不是傻玩儿，明白着呢。只是坚决不肯吹牛，亏我细心听，明白她做的好，在规则之内，用不自欺的方法，每一步都赢得漂亮。我特高兴，平白要沾她的光，说谢谢你啊，代表咱们俩快乐又成功！李月也乐，说，我不就是没心没肺么，一碰到那些事，我就想，反正刘天昭儿在那儿使劲儿使劲儿琢磨呢！确实有点夸张、肉麻、简直可疑，但是那一时刻真的幸福，仿佛背靠背、赢得了一切所有。两岸碧楼如山渐退，小船迎着河上耀眼的碎金一直向前，在胸中、在想象中高歌入云——"我们仍有英雄之心的勇气，虽然被时间和命运耗损，但意志坚决……绝不放弃。"

出游

二月底还是天寒地冻，就放春假，我去波士顿看望繁旭。到那里已经黑天，下冷雨，他在中间儿一个大换乘站接我，搭地铁回哈佛。有一段地上路，黑玻璃刷着雨水，映见我俩吊着胳膊，垂着脸。投胎到现代社会是那么偶然的事。地铁站出来，路过先买早餐，普通不过的面包店，落地窗里灯光炽盛，没有影子，像科幻片里的未来，有种危险的虚幻感。我梦游似的跟出来，繁旭不知哪弄的一把大花格子折叠伞，撑开了，去他熟知的越南粉店吃晚饭。那餐馆倒热闹，过了饭点儿也要等很久，一点点缓过来，到达此时此地。

五个中国人合住，出国前在网上找的房子，到了才知道脏乱破败。南方室友不怕冷，暖气总开不足。繁旭房间守冷山，夜里狂风打窗，木板墙随时都要倒下来。记得这是个海港，就觉得那风是携云载浪而来，有危船之感。早晨起来眼睛都是肿的，洗把脸就去办公室，那里有个大茶水间，连早饭也带过去吃。倒是温暖干净，可是不自在，昏昏的没有精神，只剩一丝意识，看见自己呆坐着，退化为一个物。

繁旭拽我出门，城里不知什么地方，鹅卵石小路，陡坡上去许多红砖公寓楼，体面老房子，维护得妥帖整洁，展品一般不可亲。很久走过一个人，转弯不见了。大蓝天上没有鸟，静谧得几乎傲慢。过一会儿看见路边一辆墨绿色轿车，繁旭说非常贵，倒好，一下落地了，不然也是像梦境。

提早订的 NBA 票，到了日子又下雨。地铁里就热闹，三个五个大声说笑，到站呼啦啦全出来了，裹着人往前走，想象中去看社戏或者露天电影也就是这样。刮大风，雨一团团扑过来，其实非常冷。路灯底下通亮的，每过一盏都莫名高兴一下，好像应该蹦蹦跳跳，以示节日。集体兴奋是种动物性，赛到中段全场都嗨了，也只是纯净的天真的欢乐，没有一点狰狞。我未能免俗地想，这正是美国的优点，把大众文化可爱的一面发扬起来。

散场已经半夜，从地铁出来太冷了，拦了一辆出租车，半开车门在路灯底下收伞，有一个瞬间意识聚焦眼前，身心合一有一点惊恐，一下下就过去了。不知道为什么，在国外格外容易这样恍惚，十年前在伦敦也是，极其平常的时刻，忽然鸟翼划过心头，仿佛有故人从外太空飞来，要带我回到哪里去。应该藉此相信灵魂存在，可是我好像只有在将信将疑中才感到安全。快到家路过“饥渴学者”酒吧，繁旭指给我看，说《社交网络》开头一段是在这儿拍的。电影我没看过，从出租车窗望出去，只觉得亦真亦幻才最真实。

去纽约的行程也是提前订好的，不然也许就偷懒了。我不爱旅行，在陌生地方过度警惕，感官紧闭，两眼全速启动经验程序，走到哪里都是阅读自己。那强烈的囚徒之感令人疲惫而厌烦。可是到底不够傲慢，土耳其没去，多少有点心虚，纽约，纽约那么近了，实在是很难辩解。我决意作一个踏遍景点的游客。

在酒店安顿下来，就去了时代广场。下午五点多，阳光照不到，灯还没有亮，到处灰突突的，让人想起这冬天拖了这么长，所有的棉衣都旧了。待了一会儿，不知道该看什么，鸽子也没有，弹唱的人也没有。转一圈儿晚上回来，霓虹迷乱，人头涌涌，巨型广告屏直排到摩天楼顶，浮艳嘈杂，俗丽坦荡，正符合想象。也难免失望，说起繁华街景，香港和东京兴许更盛；除此以外又有什么呢，都是心理暗示？世界的十字路口，真是这样啊；世界的十字路口，也无非是这样。总是这两种心情轮番上演，我觉得自己乏味透了。

第二天坐船去看自由女神，也不知道要怎么看，在她脚底下绕了两圈。海风粗砺，又无始无终，那荒莽蛮劲的感觉，倒正像是自由。知道不是这个意思，还是演绎下去，自由的诱惑与恐惧，也正像是大海一样吧。

回来走华尔街，路过那头牛，赶上小型旅游团，导游讲中文，游客一色西装领带，好几个大肚子。我们远远的在阴影里台阶上坐着，看他们轮流合影，脸都油亮的，迎着阳光笑起来，也许并不是坏人。一会儿走了，剩下一个明亮宁静的午后，跟华尔街没有关系。刻意想象楼里那些人，盯着电脑屏幕，高效地处理信息——也未必，深入进去难免稀松平常——也未必，竞争的发条紧紧拧着呢——一个人给榨到极限也无非就是——我厌烦得要死了……

有个大学同学，毕业一直没联系，听说是在纽约的投资银行工作。我走在高楼间缝隙一般的小路上，想象也许迎面遇见她。本来就不熟，现在更要陌生，可是当她出现在视野，我无比惊异的那一个刹那，曼哈顿就会真切起来吧。当然没有遇见。

下午太阳躲起来，一下就冷了。中央公园人很少，湖水早化开了，青幽深沉，细粼泠泠，竟然有清野之感。像是被莽莽山海遗弃在这里。也许游上鸭子就好一点？树林很薄，到中间还是觉得放松，树木在哪里都是一样，枝条上没有一片人类的心思。

满大街都是人类的心思，吵死了。竟然还要去博物馆。先路过古根海姆，比想象中小得多，空间的亲切度接近街角咖啡馆，没有任何压迫性。骤然对莱特*有了好感，本来嫌他太讨巧。现代主义建筑的精髓其实是贴心，这事情经常被它张扬的革命性和时尚感掩盖。墙上的立体派抽象派，可能也想直诉感官，贴切神经质的真实；可是逃不掉历史的注解，那个时代的高亢激扬在今天完全是陌生怪异，比任何色彩形式都有刺激性。人类之前之后都无法那样放肆诚恳地自我肯定，连疑惑都是自负的——彻底地浪漫。

没有历史知识干扰，我也很难用纯粹视觉去体会，真品的

---

* 莱特：20世纪上半叶最有影响的建筑师之一。

暗示太强烈，联想自行启动，看那画布上一笔一笔像是有作者的呼吸。我连读学术论文都是，主要乐趣是要猜想背后那个人。在大都会博物馆，四壁呼叫的鬼魂简直要把人扯碎了。有一条长厅全是罗丹，我几度不信，还是无法否认，艺术家的精神力煌煌满场，像永不止息的交响乐。即便是金色，永恒也是恐怖的。"美无非是我们恰巧能够忍受的恐怖之开端"，这时候想起里尔克太恰当了。

看了三四个钟头，实在累了，总之也是看不完。出来是阳光辉煌的午后，眼泪都刺出来了。转进上东区，在阴影斜切的人行道上，迎面七八个少女，说笑着从身边走过。我真的回头看她们的裙角，好像目送一群惊起的麻雀。回波士顿遇见一个纽约长大的朋友，说她们中学离大都会博物馆很近，凭学生证免费去看——每次踏上门前石阶就已经累了。我猜这个笑话讲过十几年了，想象女中学生脱口而出的快意，竟然觉得纽约有点亲切了。

去布鲁克林，从地铁口出来就不一样，大宽马路中间儿有绿化隔离带，像北京。房子也稀疏些，退在人行道后面，不愿意作街景。行人也少，汽车开得飞快。呼吸都轻松了，简直想要张开双臂。这里可以容纳毫无表演性的生活，曼哈顿不论哪个角落，总有点像是镜头照着。

路过一个幼儿园，隔着栅栏十几个小孩在院子里玩儿。阴天没有影子，疏旷低抑里清脆的欢乐，像一幅战地摄影。一个戴着犹太小圆帽的孩子，扒着栅栏看我们，忽然扭头跑远了。

走很久也没有咖啡馆，转进小路，深处有家快餐店，门窗都像歪斜的，招牌上挂着几根灰黑的霓虹灯线，像兰州拉面，或者烤串儿店。再走有家麦当劳，无论如何要歇歇脚。开门一股闷臭的人味儿，几乎坐满了。没有干净空桌，自己收拾出一张，要了两杯热果汁，拿到手才想起来那味道像是果珍冲的，又甜又黏，而且烫得喝不到。隔壁半圆卡座上，两个胖大黑人女的，堆坐着，摸涩纸杯子，话很少，干笑两声，又像是连笑也懒得。又来一个，瘦一点，可能生着气，皱着眉头打招呼；她领着一个六七岁的男孩，帮他卸书包，扒外套，嘴里叨叨说着，全是不耐烦。外套搭在椅背儿上，领子磨得油黑锃亮的。小孩挣脱了，径自往柜台跑，又回来拽妈妈，没拽动，一会儿爬到椅子上，扒着墙头看我们。好像在火车上。

生活的沉沦气象，大概到处都一样，身在其中经常就忘了，到陌生地方作完全的观众，大惊小怪起来，以为绝望不可承受。归根结底只是自我感动吧。我们赶在晚高峰前回到曼哈顿，吃过晚饭登上帝国大厦，在刺骨的寒风中俯瞰灯火繁盛，文明炫耀。心里乱纷纷的，所有感受想法都是一晃而过，沉不下去，不能自圆其说。

险途

叔美是我在伦敦读书时的同学，台湾人，我们整天一块儿说汉语。夏季学期她搬来作邻居，半夜三点我打电话说饿了，她说就来，我下楼去开门，看见小小一个黑影子，拎着一只小布袋，在高高的路灯底下走过来。布袋里面两颗鸡蛋一个西红柿，我楼上还有两包方便面。见到又不急了，坐在马路牙子上抽烟，看夜空。夜空又蓝又软，又大又远。我说，咱们两个好像宇宙的两根小肠绒毛啊。她就笑死了。

她钱包里有一张黑白合影，她和喜欢了很久的男生，都微微歪着头，简直像夫妻。那人玩乐队，弹低音吉他。深夜小路上，乐器店橱窗亮着灯，叔美贴到玻璃上去看。我站在路对面等她。

他来伦敦玩，借住叔美那里，我去吃饭，他们去超市还没回来，我在地铁口等，远远看见两个人扯着一只大塑料袋横穿马路，有点婚前同居过家家的气氛。我来不及气他装糊涂，只想象叔美又高兴又痛苦，剧烈紧张，生命都给撑透明了。

她喜爱地下文艺，毕业论文都是做这个。讲过许多摇滚乐传奇，听起来像小宗教。我从来世故，跟着激动，又不能全信，不肯折服。年轻时候的献身热情让人尴尬，因为归根结底献不掉；而且这时代要人做自己，真的信教都需要解释。下半夜，橘色台灯昏昏的，她把那奇怪的音乐调得很低，坐在窗台上抽烟，外面碧紫的深海天；我几乎是摸着黑，就着镜子化浓妆玩儿，倒也有点颓艳的气氛。我也只有那一年，跟叔美在一起的时候，最像是放肆的寂寞青春。

她毕业又待半年才回台湾，工作恋爱都像临时的。忍受漂浮感，不妥协自欺，叔美是比谁都更有勇气有坚持。二〇〇六年春天她去广州看我，连绵的雨天，两个人困在三十平米的公寓里，没有共享的生活内容，情绪又早都说尽了。只有验证彼此，还是那个人，或者她也变了——“相同和相同溶为厌倦，在差别间又凝固着陌生。”友谊与其他一切一样，有一个尽头的地方令人失望，可是能到这里就值得感激。

她终于承认自己照片拍得好——心里有一件事是踏实的，未来好像就清晰一点。去美国参加一个夏令营，在中国城认识了凯文。两年之后她终于到波士顿读艺术系，没几个月凯文查出癌症。叔美很少上 MSN 了，我只知道他们生活在一起，她又学业很忙，要累垮了。有时候想起来，心里攮成一团，觉得像艾丽丝·门罗的小说，又觉得这比方、这旁观者的不甘心，对叔美是一种迫害。哪有谁的处境命运禁得起同情。她在 flicker 上贴了新照片，是凯文的朋友们，拍得更好了，对生活深处平静的触摸，是年轻时不能体悟的，好吧，一切都是值得的。

从纽约回来的周末，叔美开车接我们去看格罗皮乌斯住宅。她在广州见过繁旭，彼此好印象，可是没想过会再见到。她也以为我会有更广阔的人生。水汽凝为雨滴，落在实处都只是扑到一粒微尘。路有点远，白雪茫茫，树林绵密，我热闹地说话，有强烈的虚幻感——从十年前望过来，这飞驰的汽车里三个都是陌生人。

我不喜欢那房子，过度缜密的体贴里有一股强烈的意志，令人紧张。参观结束像是松了一口气，中午的太阳照在雪地上，广阔空寒，清金浅跃，让人无端端高兴起来，车都跑得欢快。叔美说刚过去那个路口，往里走就是瓦尔登湖。我听了觉得疲惫，与人相关的事，可以阅读的事，都让人疲惫。本来好好的冬日树林。我说我这是红卫兵品格啊，坚决反抗人类文明对个人的压迫！叔美就很乐，可能这一分钟觉得我还是原来那样。

就在康科德城停下吃午饭，晒得几乎热了，脱下棉衣迎着小冷风，有点早春勃兴。咖啡馆甚至开着窗，人声碎碎，难得穿得五颜六色，明媚像节日。讲起在伦敦，教室旁一个咖啡馆，我说，就是跟黑人（Negro）很像的那个，叫什么来着？叔美紧急大喊，刘天昭——不要那么大声说那个字，那个政治不正确啦。我环顾四望，又难为情，又感到久违的亲密，我向来跟叔美扮演无知胡闹的小孩。

路上天阴下来，到叔美家，屋里要开灯了。凯文比照片上更瘦，微微笑一下，像发烧才退那样，虚脱的平静。他看着不挣扎。叔美常说跟他学到很多。她家里激烈地反对。凯文有五十岁吧，病前似乎是在一个工厂做零工。客厅角落里有吉他，叔美抱着玩，繁旭也试了一下，叔美拿给凯文，自己点着一支烟。她没有让我，我也拿过来点了一支。凯文坐在沙发上低头弹，一会儿放下，起身去拿工具，紧吉他弦。半天抬头，让我们说汉语没有关系。轻声短语，有种自在坦然。凯文的朋友来了，话也不多，就那么坐了一阵。叔美说他的朋友们在心理上有点依赖他。房间里没有卡佛小说里那种窒息，倒像卡佛的诗，冷痛悄寂的生情。

叫了中国餐馆的外卖，跟叔美去厨房弄茶，她开冰箱拿东西，忽然说，我现在真的已经没什么好抱怨的。我心里像是给打了一拳。去楼上看相机们，有一架老式的，坐在黄漆木架上，蒙一块黑布，她跟系里借的，让我们猜买一架要多少钱。我趴过去看倒置的人像，自己觉得像是在装天真。

凯文说开车送我们回去，叔美担心他太累，站在门廊里几次确认，那一工夫真是夫妻。车停在十几步以外，我觉得我们三个都在看凯文的背影。

后来看纪录片《寻找小糖人》（*Searching for Sugar Man*），看过很长时间不知所措。还有多少罗德里格斯没有被找出来。被遗忘的人独自骄傲地生活，决不让自己变得可怜。

天气一直不好，就没再观光。跟中学同学吃饭，她带了一个朋友。同学十分欢乐，讲前夫的狗血故事都咯咯咯笑不停，像个婴幼儿。儿子留在长春，独自一人在波士顿工作生活。回安阿伯之后有一天晚上十点，想起来打给她，她在公交车上，刚在街上随便逛，正要回家。声音清脆，蹦跳跳有生气。我不应该随便设想别人的寂寞。那天分别，她站在老四川门口目送我们过马路，下午的阳光斜落在浅粉色大衣上，清浅一页甜美，与命运违和。

她的朋友跟我们坐同一趟地铁，在饭桌上话就不多，这时候更是彼此拘谨。并排四条大腿，都给压扁了，显得非常粗，又懈怠，让人想起那裤子也有几天没洗了。地铁灯光竟是油黄的，沉默里有熟悉的浑浊的沮丧。她从上海来，学生物，作博士后；有过一次短暂的似乎毫不可惜的婚姻。只了解梗概，就更觉得浮生如寄。同学讲起她，她似乎总要打断纠正，说一句又放弃不讲，表明三言两语说不清。那心情里有种骄傲，我的人生不止于此。问未来打算，迟疑了一下，像是敷衍，又像是诚恳到害羞，说想回国做志愿者。我没有问下去，平白觉得窘迫，浮生无所寄。

“是一条多么危险的窄路里，我驱使自己在那上面旅行。”

临走前两天单独跟叔美去城里吃午饭。应该是居住区，宽敞的人行道，间杂几家店铺，门口摆着花。邻窗坐，中午阳光晒进来，有点暖和。几乎是幸福的布景。叔美仍旧吃得少，讲毕业设计，深圳来的女同学，十分帮忙的教授。讲凯文最近一次住院，她晚上回到家一个人，真觉得撑不住。我想象没有开灯的房间，扔在地上的书包，她两只眼睛里的光、令人想到生命终究是凶猛的——半天也只有说，你反正要保证自己身体健康，为什么也好。空白了一会儿，叔美说，不过也真的没什么可抱怨的——我不知说什么，怎样让她信我、信我相信她。我凭什么觉得谁可怜。我只是觉得突兀，人生真是飞流直下，来不及理解，不会停下。不论今天怎样境况，都会觉得突兀。终于说到以后，想去考在医院作翻译的资格，或者作按摩师——我真的很会按摩耶，他们都很喜欢给我捏捏。说到这里眼睛亮了，小孩似的小得意，晃一下就过去了。全职工作就无法做艺术，艺术当然不赚钱。我像是放了心，又有点替她骄傲——她绝不会放弃。不，我们年轻时走的不是弯路。

餐厅出来，阳光已经不见，似乎又要下雨。非常疲惫，还是去看柯布西耶的卡朋特艺术中心，也是为多消磨一段时光。我先下来，看叔美停车，翻零钱包，往计时器里投币——你觉得一个小时够了么？我觉得时间重新开始流逝。

拾遗

我是匆忙忙离开安阿伯的，前一晚决定，立即订机票，给Charles和房东写邮件。上午雅雯帮忙去Wallace House还电视，中午一起吃饭，下午收行李，大米来，带我去吃汉堡，算提早的晚餐。房间整理干净，行李提到门口，等房东来。夜里下了有一尺厚的雪，晴了就还是四月天，傍晚时候霞光绚烂，窗外雪地上映着一片粉红。

还是Dave开车，Edwina扭过头来聊天。说我送的茶非常好，她和朋友们都喜欢。我拿出笔记本，撕一页纸，写下“普洱”，说可以去中国城找找看。Edwina说，我们可以去中国买！又谈起领养小孩的事——跟中国有缘。我问之前有中国人住过么，怎么橱柜里有三个一摞竹子笼屉。答说是从前Michael（Edwina的儿子）带回来的，没有用过，为我特意拿来。我不知说什么好，我才几岁，几乎已经丢失了、平白就要对人好的热情。Dave

把行李抬上滚动带，等我办完票，拥抱告别。往登机口走，忽然就轻松下来，轻松而混沌，像走出电影院。

竟然在飞机上睡着了。到洛杉矶是当地午夜，迷糊糊从航站楼出来，半天才发现黑夜茫茫左右无人，一下醒过来，头上一轮大月亮，远处几点车灯。车上一个巨人似的搬运工，不知听明白没有，大手一指，还要往前。沿路的玻璃门都黑着，只有隆隆的机器声是安慰。慌得跑起来，月亮越来越大，手电筒似的在心头晃，我紧紧攥住，不让更多东西醒来。与美国无关。真正的悲痛何止不能言说，释放都不行，放肆地疼是不敬的。

八月底回广州重新安顿，在大学城岛上一间全新的小公寓里，也经常觉得虚幻。每天收到 fellow 们的群发邮件，看过几次，后来都直接删掉。但是经常想起他们。拎着垃圾走在楼道里，读书到一半，有时候正在切菜，毫无缘由，一帧画面浮上来，彼时彼境的心绪瞬间上身，那猝不及防的真切之感，带来轻微的几乎是陶醉的惶恐。意识即刻照进来，想到身边无人作证，也许真是虚构出来的呢。这理性边缘的诱惑也令人着迷。

Chris 的女朋友 Laura 娇小肉感，穿得乱糟糟，蓬蓬细卷长发，两只大眼睛分得很开，就像懒洋洋的。很年轻，说是自由撰稿人，似乎还没做过全职工作，每次讲座都来，隐隐有点跃跃欲试的怯意。有时候带影碟过来，提早发邮件，邀请大家晚饭以后一起看。我看过一次，纪录片，讲一个公益项目怎样帮助非洲小孩，几个被改变的人生，全无意外，几乎看不下去，本来也不是有争议的事。

超级碗周末派对，刚好坐 Laura 旁边，问在中国大家喜欢橄榄球么，我说只在电影里听说高中橄榄球队员很受女生欢迎。她小小惊喜，转头跟 Chris 说，Chris 也笑，举一举啤酒瓶。就有点要跟我继续聊天的压力，我也不好立即坐开。说起她正看的一本书，讲一个贫民窟社区，有一个情节很触动，作者成年之后第一次滑雪，在雪坡上看日出，想起当年小伙伴聚在仓库吸毒，想象滑雪到底是什么感觉。我一时不知说什么好，她又补充，你知道，像我们，你和我，可能觉得滑雪是很平常的事——电视变换的彩光投在她脸上，黑眼睛亮闪闪，看着我。那心情实在熟悉，瞬间有洞穿彼此的错觉，立即闪开了；过好久才想起来，我小时候根本没听说过滑雪这回事。

底特律一日游，下午时候在河边散步，对岸就是加拿大，也不知道该看什么，趴栏杆站一会儿。Laura 在几步之外拍照，身子探出去，让人担心相机掉水里。她用一个小小的卡片机，有一股稚气，好像这世界是全新的，才见到。不过几只水鸟起落，兀地震动翅膀，配合大风，有点凶猛。我盯着 Laura 又看了一会儿，好像就是为了记住她。

刚去没多久，就轮到我跟 Ted 夫妇做晚饭，负责甜点。在家用大锅泡了红豆，实在端不过去，群里发邮件，很快 James 确定来接我。James 是唯一的黑人 fellow，科技记者，不太讲话，偶尔跟嘉宾提问，我总觉得比别人更中要害。散场以后三两聊天，他要么坐在角落，要么就离开了。有一回嘉宾来迟，他出去又回来，拿一个汉堡坐在书房地毯上吃，跟 Antonio 两岁的小儿子玩。

四点钟准时发来短信，说在楼下了。开窗打招呼，正飘小雪，天阴得只看见个人影子，车灯红彤彤像两块烧炭。我想到他完全是个陌生人，带累这场景的声色都暗淡了，有点惋惜。副驾座位底下有一只女式皮手套，拿起来给他，说女朋友正找，有一个礼拜了，也许另外一只已经扔掉了。我意想不到，忽然这样真切，几乎看见他们的房间，单人沙发上乱纷纷搭着许多衣物。女朋友在底特律，也是记者，偶尔过来，我见过两次，穿套装，香水用得很重，壮大而健谈，James 从头到尾不跟她坐一起，不讲一句话。

Antonio 从巴西来，有一次看我落单，过来聊天，说自己也经常听不懂他们的笑话。另一回路上遇见，怎么就讲起他和他妹妹，他父母，还有岳父母小舅子，分别住在巴西利亚的这里那里——在空气中比出一幅地图来；他打算搬家，离岳母近一点，妻子又怀孕了，方便照顾。我正喜出望外，就走到了路口，只好说再见。好像小风吹过，过去就没有了。

接待下届候选人，我们分在一组。面试就在 Wallace House 餐厅，大木门关着，偶尔传出节制的笑声。那一天忽然 27 度，客厅里几乎是夏日的阴凉，仿佛远处有鸟儿叫。Emily 穿了裙子，跟结束与等待的人轻声聊天，Matt 坐在扶手椅里看杂志，头压得很低，仿佛十分专注，一会儿收拾东西走了。我和 Antonio 背窗坐着，跟前大方几上有点心，巧克力，还有酒。他问我上午出去玩没有，在这里中国朋友多不多，我问什么时候回巴西，即将出生的是男孩女孩，取好名字了么——聊一会儿还是没话了。我去拿可乐，他不要，我在厨房的阴青的寂静里站了一会儿，回来看见他的外套在座位上。喝完可乐，在书房看了一圈儿书名儿，我也要走了。去拿书包，隔窗望见Antonio，坐在后院台阶上，松弛地弯着背，两只长臂直直搭在膝盖上，手腕垂下来，也没有喝东西，也没有看书，就那么坐着。太阳已经泛红，掠过他的头顶，暖烘烘扑在我的脸上。寂寞是最广大的共识。

有一次 Matt 女朋友 Jane 坐我前面，栗色头发像丝绸披在背上，有几根起了静电，停在半空，夕阳斜照，让人想起 Edith Wharton 那时候的美国。还有一次来了一个双手弹不同曲子的钢琴家，女神经学家在投影仪上展示他的大脑扫描图，当事人憨憨坐前排，仰头望着，傍晚弹琴的时候窗外落大雪，恍惚得天地轻摇，好像酒醉，好像短篇小说结尾。另一回周末中午，在阳光满洒的韩国餐厅遇见 Lee 全家，打了招呼，夸他女儿漂亮，待到我回座位，小女孩不时偷瞄我，才六七岁，伶俐的样子让人觉得辛苦……

忘记的比记得的多，记得的也渐渐暗淡。转年春天收到房东邮件，说即将到北京，转南昌，从广州回美国。我才意识到很久没有想起美国的事，刻意挑几个生动的片段观看，许多就只剩画面，当初的感受回不来了。换上此刻观感，就彻底变成了往事。好比一夜酣梦，早起醒不过来，中午还有些恍惚，可是不知什么时候，回头大雾已经散去。

Edwina 果然住沙面，在胜利宾馆的套房里，我见到那个有点跛脚的四川小女孩。三岁左右，一身新衣服，头发洗得茸茸的，坐在茶几跟前小凳上，抬头看我，真的上下打量，既不感兴趣也不信任，继续埋头吃麦片，四五个大人在旁边看着。Edwina 说她三天以来一直在吃，食量惊人，应该是太紧张，倒没有生病，也不晕车。我不敢揣想，赶紧从书包里拿出普洱茶。Edwina 拥抱我，进卧室找出一个纸袋，袋上写着 LIU，里面一盒巧克力，一个密歇根大学徽章钥匙扣。

我提早查好吃午茶的地方，Michael 和他岳父不来，Dave 说不想吃中国菜，去露露西餐厅就好。大概这几天常去，Dave 坐下就点了一个汉堡，自己说，还是最爱美国食物！饭后只有 Edwina 跟我去光孝寺，她总是饶有兴致的样子，看不出是否勉强。起初在邮件里问广州有什么好玩的地方，旅行社安排了动物园、上下九、陈家祠，另有一天空闲，我说那就去光孝寺吧。这真是生活的恣意闲笔，不知所以。礼拜二下午空无他人的古寺庭园，轻飘得脚踩不住，是浮生里的浮生。给 Edwina

跟大悲幢合影，咔嗒一声，像文艺电影戛然而止，乔作意味深长。它唯一的恰当正在于毫无意味，绵密的记叙之网落下无尽空洞，全是无可抓取毫无意味的自在，湮灭所有想要握住流水的挣扎。

诗

POETRY

不止一个朋友充满善意、十分委婉地提示我，我的诗，不怎么像诗。

我也奇怪，平常写个博客，都比这些诗要精简又曲折。

如果以文字对意义，以韵律形式对情绪及其他难以言说，后者我不在行，只够对应简单清晰的时刻。

我尊重专业，可是并不自卑，仍然珍视这几首小诗，因为完全真实，自然而然。

礼拜天中午

1.

午饭得早点吃，小曾要去打球，
跟另一个老师约好了，那个人
是他在新学校的小伙伴。
小曾打给他，你去么？
对方大概说，你去么？
因为小曾说，我去吧。
然后又说，那一会儿见。

我今天格外愿意小曾
去打球，因为我想一个人

待一会儿。过去一个礼拜
每天都出去吃饭，甚至在外面呆上
一整天。昨晚和今早，有好几回，
我都觉得，自己是在
用一个影子，跟小曾说话。

在广州的时候，我们很少
见到朋友，经常两个人独自
待上一个星期。那样也不行
也会觉得，
不真实。而且疲惫，
彼此穷尽了，了无生趣。

杨敏从广州来了，礼拜三
我去傅洁家看她。向她展示了
我手脖上的金镯子。这是刘芳在非洲
请金匠打的，遵照傅洁的设计。镯子上
是一串花字，xizirujin，因为傅洁说

我的小说，写得非常
干燥，虽然她只听刘芳
在电话里念了一小段。
这圈花字，也可以看成
自如今喜，因为这是刘芳傅洁和杨敏
送给我的结婚礼物。
我们结婚已经
快一年了，只是还从来
没摆过酒。她们说，要摆的要摆的，
回头想起来，还是要有
那么一个
Moment。

傅洁家就在我姐家楼下。我陪我妈
下了几盘跳棋，又去斜街
买了两袋国光苹果，才下楼去
找杨敏。坐了一会儿
又上楼去了，因为我妈礼拜天就要

回长春了。就是现在，我把牛肉从冰箱里
拿出来，用水泡上，我妈正
在飞机上，喝她喜欢的
速溶咖啡。

2.

我去煮面条，小曾打开电视，电视一打开
就是体育频道，正在播放NBA。
很久没人提起的公牛队，好像刚刚
赢了一场。我想了一下乔丹，觉得有点牵强，
就没想了。这么多年了，
有十四年了吧，在NBA的时间里
王朝都换了几个。
其实那个画面一闪，
我的心就沉了一下，不是痛苦，
或者忧虑，只是忽然清晰，实在，就像一块
水晶，从宇宙黑深的远处，无声袭来。

我想起十年前，就是二〇〇二年，我二十五岁
的初冬，有一个礼拜天或者礼拜六，也是中午
我跟大姐去长椿街，新华社分给刘芳的小房子，
找赵红，赵红正在看火箭队的比赛。姚明
才去美国，不是球迷的人也重新
看起了NBA。第四节总是暂停，
佛朗西斯已经得了四十多分，解说说他
是独行侠，不爱传球，跟队友关系
不算太好。这样下去恐怕
走不了太远。说到这儿的时候正好
佛朗西斯蹲在赛场边上
系鞋带。镜头给他一个特写，我看着他
像个小孩一样
系鞋带，觉得有点难过。独行侠这样的
角色，总是让人有点难过。那脆弱的骄傲
有点像我爸爸。那时候我爸爸还活着，活得挺好，
所以我没有想到他，只是觉得，这个系鞋带的人，
他总之是要受伤的。应该我也有点

自我煽情。十年前我很压抑，而且无端
愧疚。希望自己没有欲求，最好
变成一团触角，活成一汪
敏感，如果必须
活着。

当然我也想起赵红。昨天还见到她，可是没
怎么单独说话，她好像说的也
不太多。我们都认为她
有点心事。可是大概她不愿意我们这么想。
我想给她打个电话，跟她说，
吓人吧，十年了！
我一边切牛肉，一边想着，
吓人吧，十年了！
转眼已经走到了
人生的中途，好像应该展开的
都已经展开，终将关闭的都还
没有关闭。可是为什么

我感觉不到
盛大。饱满的生活是不是
也无非
就是这样。好像上个周末
窗外的大雾，世界掉进牛奶
罐里，你不能质疑。
可是出了门，走进去，清清楚楚
还是只有自己。

弗朗西斯系鞋带的画面在眼前
那么清楚。仿佛就发生在
今天，小曾打开电视的
那一刻。我有一点满足，如果过去
的事情可以记住，是不是时间就失去了神秘
的重力，你松开手，什么都不会
掉下去。我开着水笼头，哗哗哗地
洗菠菜，在余光中看到，窗外护栏上一只鸟
霍然飞起。事件还在发生，此刻已经

逝去。所以我只是，在起点的地方
拴了一根橡皮筋儿，拽着它往前走
越走越远，越远越紧，总有一天
它要断开——这比喻不对，记忆的失落与复活
是一件更加偶然、也就更难
说清楚的事。我觉得我的智力，卡在这里，
不够用了。

3.

小曾走了以后，我并没有立刻
打电话给赵红。我站在窗口，
捏我晾在窗台上一只铁盒盖上的
橘子皮。每捏一下，都有一扑香味，细小得
闻不清楚。窗外刮大风，倒是晴天，
我想去一趟圆明园，以便更好地
一个人待着，更好地
醒来。可是我想起来，今天是

礼拜天。即使天冷刮风，还是很可能
有许多人。至少比平时
要多一点。冬天的圆明园，
我去过几次。是真的，空寒。遇上人
也不错，因为几乎可以确定，
跟自己是一类的心情。芦苇边的
石头，实在太凉。可我总觉得，
那里坐着一个人。替我们这些嫌凉、
又不好意思摆造型的家伙
永远
坐在那里。一座影子
雕像。

我想明天去吧，又担心自己到了明天
就会犯懒。看一下手机，刚刚一点，
妈妈应该正在午睡，吃饭的时候
她打电话，说飞机落地了。长春现在
天黑得很早，想到她要一个人挨过

每一个漫长的夜晚，我就觉得
心里被揪得
很紧。可是我又不想，那个陪她打扑克的于老师
住进来。我后悔昨天忘了嘱咐妈，一定要请于老师
住进来。是真的忘了，前晚还想着。只是昨天
有点亢奋，到了大姐家，就觉得很累了。

昨天中午算是摆了酒。本来每年
刘芳回来，我们都要聚一次，
闹一场。在傅洁家，熬到午夜
精疲力竭，刘芳头痛发作，
皱眉不语，赵红窝在大椅子里
支着下巴，还是不会
散去。没有一个明确的
高潮，就没办法有一个明确的
结尾。只有更加疲惫，不甘心
的感觉也退了，就更加难以
站起来，只能任凭自己

滑行。傅洁拿出从香港带回来的
算命宝书，还有几枚
铜钱，装在一个绸缎做的
小口袋里。总是算感情，桃花到底
有没有。后来也算钱，事业到底
有没有。总之就是，生活里
还能不能有点儿，类似高潮的东西
在前头等着。其实也没
那么好奇，太累了，脖子抻了
十几年，失望一层压一层，快要
夯实了。可是当然，总还要长出
草来。简直比寸草不生
更加难以忍受。

昨天我们只是吃了
一餐贵饭。表演了几段
亲友祝福，还跟餐厅的人要了几只
红气球。她们几个都很能

演，我笑得肚子疼，眼泪都
流出来了。刘芳说要刻成光碟，
人手一张。又说，小昭你以后
会觉得好的，还是得有
这么一个
Moment。我觉得她们的好意
沉甸甸的，简直受不住；又想大概我这样就叫作
轻浮，或者生分。所以忍着，什么也
没说。过了一会儿，竟然似乎
就忘了。还真的就是
轻浮。

回到大姐家，跟妈说话，心里想着，
她们几个是不是已经开始
摇铜钱。刚好傅洁打来，
叫我和大姐，下楼去抽签认领
刘芳从非洲背回来的
海螺

化石。礼拜三我在傅洁家厨房
见过，相中了其中
最小的一个。也是密林一样的花纹，
不过颜色浅一点，灰白里晕着青蓝，
好像冬天。结果我就真的
抽中了这一个。此刻我把它握在手里
就像一块，人造的细瓷，
凉滑，沉重，一层清亮的釉质
在冬日午后的窗前，淡淡
发光。我一点也感觉不到
千万年的
演化。不过这个想法，引发了另一个
想法——太神奇了，大自然！
我低头
又看了一会儿，还是感觉不到
那里面的
千万年。如果它是
千万年的结果，那么

我也是。这个想法听起来
很像那么回事，可是同样
感觉不到。其实我觉得
我更像是
三十五年前
来到宇宙的
宇宙之外的
一个人。

2012-11-16

我们是夏天搬进来的

直到最近

我才知道这几棵树

是开花的。

过去八个月

我都把它们混同于其他

别的树，对此它们只是

沉默，既不委屈，也

不着急。想到这里，

我不禁肃然

起敬。

2013-03-30

天气太好了（一）

中午吃饭回来

一路目睹春风把灰霾

层层扯开。

我摘下口罩，

绕到前院儿

去看阳台窗外

那棵四层楼高的大玉兰。

上礼拜一场大雪，

冷杉的翅膀

都给压低了，

玉兰满树花苞娇滴滴，

冻也冻坏了，

真让人着急。

好像一颗都没有跌落。
全都开了，
又大又白，
又胖又挤，
纯洁丰盈的欲望
没有羞耻。
不知耻的事物
总是特别冲击。
文明深入膏肓，
生命的乡愁
化为深刻的恐惧
和恶意。
我在我的身体里
避之不及。

打开灰暗的卧室门

一万朵白玉兰
劈面照亮。
我配不上
可是无法拒绝
这样汹涌的喜悦。
窗子拉开，
晾杆上的衣服拨到两边，
我跟玉兰之间
再无遮挡。
才看见空气
亮如水晶，
纯粹无垠，
真是让人自卑，
连玉兰也配不上。

生命像是宇宙的异物，
或者污秽。
我不喜欢自己，

但是偶尔
能够享受活着。
就像此刻
有多么好，
同时拥有雀跃和安宁，
有如音乐荡起。
另一些时候
活着是件怪事，
怎么都不能自圆其说，
不能和谐，不能自在。
我是我自己的异物，
或者污秽。
逃不出去，
也剔不干净。
只剩下承受
算是尊严。
谁让我无法化身星辰。
这句子倒像是彗星

划过脑海，

我笑出了声。

囚徒转身进洞，

喃喃说一句

天气太好了。

2013-03-27

天气太好了（二）

河边桥头上，
快递员把双脚
架在三轮车
斜梁上。
掐一张纸，
低头细看，
可能是地址单子。
我替他感到愉快，
天气太好了。

2013-03-30

天气太好了（三）

二校门对面的保安兄弟，
站在岗亭的后面，
对着岗亭的黑玻璃，
整了整帽子，
又抻了抻衣领。
大概满意了，
走到侧面来，还是
不满意，又对着侧面
的黑玻璃，整了整
帽子，摘下来，把头发
掖了又掖。
我站在他身后不太远，

在同一块黑玻璃上
看见自己。赶紧
我就走了。
被他发现可就
不太好了。

2013-03-30

主妇

北方才会这样。
春天的下午
和傍晚之间
有一会儿工夫
也许半个钟头
外面会异常明亮
简直比正午还要明亮。
空气里有金子
的光，没有芒。
光失去速度，可能也就
是这样。

刚才我在厨房做饭
忽然一下窗外亮了
像是一只鸟儿
神奇的翅膀划过
天空变了颜色。
没有扭头我就知道
风肯定
也停了。门口那棵高大的
雪松，别人家院子里
幼小的盛放的玉兰，还有远处
不知道是哪里
的墨绿色的河流，河流对岸
壮美的教堂，教堂旁边
高耸的钟塔，还有钟塔上的
大钟，都停住了。
就这一会儿工夫
也许有半个钟头，
世界沐浴在浅金色的

永生里。

可是我
没有停下来，自来水
哗哗地流，煤气炉
扑扑地烧。本来
在做什么，就继续
做什么。人世的宁静
是不是也就
是这样。我甚至没有
到窗口去望一望，只想着
一会儿弄完了，
出去倒垃圾
的时候，最好金光
还没有退去。

2013-04-08

仲夏的夜晚

昨天晾被子
开了一会儿窗,
放进许多苍蝇。
刚才我在厨房
切洋葱,
小曾卷着几张杂志
打苍蝇。
他说,啊想起小时候
有一天我穷极无聊,
在巷子口
杀死了几十只苍蝇。
我心想,

怎么说"杀"啊，南方人。
又怎么好像，
我们还会
再活一百年。
人生啊，你个骗子，
上行和下滑之间
并没有一片
宁静的平原。
在越来越快的坠落感中，
要怎么回忆童年。

2013-07-03

杨树上的大风

傍晚起风的时候
我正独自一人擦地
开着所有的灯
风吹得杨树那么响
我只好停下来
到阳台上去看

外面是灰紫色
半透明的阴天
路灯还没亮
一个穿黑色套装的胖女人
滴滴答答

在小路上走过
我擅自感到仓惶
像小时候在大遐马场
春天的风沙里
一个男人缩着脖子走过
姥家还没有耕种的菜园
也可以像后来
在长春冬天
萧索的没有太阳的下午
湖边小路上一个穿蜡染棉袄的
据说很风流的女人
看到他们的时候
我都趴在窗口
仿佛趴在世界之外
遥望人行天地间

我走进屋去
把地擦完

关上所有的灯
坐在椅子上歇着
风吹得杨树更响了
怕是就要下雨
我在想象中回到阳台
看见杨树和树上的大风
和我三十几年见过的
所有杨树与大风一模一样
这一次没有画面浮起
仿佛直通一个阔大的世界
那世界里没休没止
刮着杨树上的大风
我在黑暗中擅自感到幸福
胸腔无边无际
住着永恒

2013-10-22

贪恋

秋天是这样的

春天是那样的

记也记得住

想也想得起

就是还想明年

再真来一遍

再来一遍

也还是舍不得

2013-10-28

自觉

病了一个月
加深了对生活的自觉。
搬家到处很乱
我手脚不停闲
同时想到
热情也就这几天
累一点才算恰当
就珍贵起来
以至高兴
没有任何不自然。

窗台上几盆植物

喝了水晒着太阳

绿叶子微微翘起

我由衷感到它们

此刻的喜悦，就此刻

不是上一秒

也不是下辈子。

2013-12-30

绿萝

要在小阳台墙上

挂一盆绿萝

垂下来遮住

掉了盖的煤气表

打开卫生间的门

正可以在小窗相遇

午后太阳照进来

应该绿得

喜翠盈盈

甚至坐在餐厅

抬头也能看见

青幽的墙上

一洞金绿的窗

这想法上来好多次

还没有实施

有几次顺便想到

等妈妈老了

更像个老人

我也老了

微波炉坏了都不修

也不扔掉

到处堆叠无用的旧物

碰一碰就要起灰

碰一碰就要碎掉

等这屋子住老了

等生活老了

我要记得此刻

念念挂一盆绿萝的心情

毫无必要的热情

生活过

2014-01-04

傍晚起风

杨树朴素的样子
竟然也有点狂野
世上并没有江湖
生活是一种退缩

2014-01-19

酒

刚去厨房

拉开抽屉

拿出一只小酒杯

喝白酒的那种

小玻璃杯

贴着蓝标签

撕不下来

小曾爸来时买的

十分老年人

又到厅里

从架上拿下

半瓶黄酒
礼拜六妈和大姐姐夫
来家吃饭
打开的
一人只喝了一杯

这个礼拜已经两回
都无缘无故
自个儿喝酒
两回我都想起韩剧
里的主妇

那是十五六年前
我跟姐姐们看过一个
叫《双色婚纱》的韩剧
十分好看
二姐第一年回国
还买了一套碟带走

后来打电话
经常就会说起
二娜怎样怎样
二娜是金喜善演的
两姐妹中的妹妹
有一天姐俩儿为感情的事
各自烦恼
怎么就喝上了酒
她们妈妈上楼发现了
跟她们一起
喝起来
酩酊大醉
直到天亮
其实她也没啥心事
就是服务全家
却没人在意她
的想法
看不见她

的存在
这个剧情
我一直记得
因为当时有点震惊
编剧让女儿都要出嫁的
老主妇
直截了当地、天真
有一种莫名的
说服力

我想起不止一个
韩剧里的主妇
我喜欢看她们
坐在地上
喝酒
发牢骚
哭起来
骂男人

怨父母

恨命运

那是她们

超越日常生活的

仪式

有一种恰当的

廉价感

把悲剧变成闹剧

以至于更加

悲剧

这情形

也是写实的

盘腿坐地上

我不确定

我是不是她们

但是我觉得

这就是我想要的酒

它从生活里

自然而然

发酵出来

没有

情调

2014-01-22

故乡

四月二十四日上午
十一点多
沿人民大街往下走
自行车稀稀落落
汽车也不多
无缘无故按喇叭
一声响好久

杨树新绿盈盈
杏花粉香尘尘
兜一个满怀
又一个满怀

没有太阳
大风还是暖的

上一次春来早
也不知是哪年

前面大下坡
坡底小小一个公交站
等着三五个人
好像一点都不急
无所谓时间

这春风下的小城
多么像故乡
我要在报亭买一本《读者》
坐路边细细读完

2014-04-25

边界

旁边没人的时候
虚幻感常常
在关灯时到来
黑暗包围我
虚幻透进来
肉体都变轻了
浅灰色
半透明
这异样感如此强烈
证明我的存在
坚硬如铁

年轻时候

虚幻是一个想法

令我万分痛苦

想不通

就没办法过下去

可是也过来了

虚幻变成一种体验

像一个朋友

自从我不怕他

他还不常来了

时间久了

还怪想的

心里不踏实

好像迷失

等真的来了

也还是有点难受

它代表我

知与觉的边界

站在那个地方

正好面对我的无能

可是真好

原来真的有

边界以外

看不见

铁的内部

漆黑的存在

2014-05-10

就这样过完一生

拿出一个香瓜

削皮

刮瓤

切块

装盘

拿两只叉子

端进餐厅

放桌上

像一张静物

连我一起算上

窗外特别晴朗

蓝天
绿树
太阳光
那天我看见梨树挂果
枣儿那么大
夏至刚过
成熟还没结束
腐坏还没开始
多好啊
最好了
我想到这是
礼拜一
上午
看一眼钟
嗯
十点四十二分
嗯
更像静物了

就这样过完一生

叉一块瓜
放进嘴里
咬下去
啊小时候
全来了
涌起
又落下
十二种体液流动
生命绝不偷停
瓜即将吃完
我即将开始腐坏
就这样过完一生

2014-06-23

旅游

大概是到了年纪
精神开始松弛
感官开始发育
风一吹就觉得
啊，活着真好啊
看见电影里人趴在海滩看小说
头一次，我也想旅游了

酒店挺贵的
晚上躺着，觉得不错啊
几乎是主动地，想起从前
恐怕要羞耻得哭起来

不光是钱
不用想到穷苦人
就是舒服这件事本身
就羞耻
就是不知羞耻啊

不能自杀
就应该坦然
痛苦没有用
而且可疑
不是懦弱就是贪婪
这是年轻时的想法
为了自我羞辱
更加痛苦
而不是解放
也根本解放不了
精神紧紧绷住
就是那时候的坦然

早晨从海边回来
酒店门口的喷泉
咚咚咚唱着歌儿
我心里生出喜悦
竟然是真的
流水给空间带来生气
大学老师这么讲
我简直恼火
——真是陈词滥调！
“陈词滥调
它其来有自啊！”
又觉得自己成熟
又疑心已经腐朽

要是我有个孩子
等他长到少年
直到青年

中间好多年
都会鄙夷我吧
我大概会尴尬
又有点欣慰？
只要不是洋洋自得
现在是过去的结果
谁也不比谁更真实
谁也不比谁
更远离生命的真谛

炎热的午后
陌生的街道
我幻想一个本地少年
在不认识的树木底下
静悄悄走来
小岛的寂寞
大海的雄心

烈日的愤怒

这个地方亲切起来

2014-07-13

预感

我看到那个夏天
院里一张阳伞
伞下一张长桌
桌布雪白
食物丰美
我拿一根竹竿
在树下打果子
外甥在旁边
尖叫、蹦跳、喝彩
脖子都要仰断
妈跟姐她们
坐在桌旁观看、闲谈

我们之间的草地上
洒水喷头旋转
找一个角度
就能看见彩虹
已经没有人稀罕
或许我也当了妈妈
孩子躺在睡篮
吸着奶嘴
瞪大眼睛
看蓝天
看几朵散步的云
多么悠闲

我预感到幸福
预感到对幸福的自觉
把那个时刻轻轻关闭
我预感到微风、落在脸上
吹开广阔的间隙

无垠的空寂

啊，此时此刻总是稀薄！

我预感到平静

预感到透明

预感到理性的欣慰和傲慢

哦，正是傲慢！

我忽然想到

对未来永远只能猜错

请耐心等待

请大吃一惊

这是人生唯一的承诺

2014-08-03

清楚

就这几年的事儿
先是看见月亮
蓝天、阳光、风和雨
然后看见树木
花、鸟、春天和秋天
后来看见建筑
道路和车辆
桌布、马克杯
电脑和书籍
什么都是平白无故
想想简直惊喜

我的庸俗特别浓厚
费尽周折才看清楚
世界是世界
自己是自己

早先也看见雪
看见夕阳
在飞机上看云海
河流和山峦
田野和城市
不过看得很焦虑
想要当成信息
消化处理
不管是什么
总要跟自己扯上关系
说白了
就是只能看见膨胀的自己
那就是青春吧

“把世界放在胃里化成血”
这野心，就叫浪漫吧
其实就只是尴尬

更早、真正小时候
我总痴心想它有点神秘
没完全睡醒
多少记得上一层梦境
这想法全是后来的
再回忆就像是找证据
为了给人生一个形式
为了一首诗的逻辑

2014-08-06

跑

怕赶不及看晚霞

从西门跑出来的

逸清南路还挺长

没觉得做作

就不是做作

实际上、生命充沛

高兴极了

2014-08-13

花连衣裙

雨过天晴的傍晚
下班路过菜店
买一把油麦菜
四个桃子，两个西红柿
放进车筐，重新骑上
今天穿了高跟鞋
卡住脚踏板，那感觉
正是一名阿姨
穿一条大花连衣裙就好了
再烫个头，半长不短
车铃丁零零，从身旁绕过

我知道她要回家做饭

煎鱼，青菜，西红柿炒蛋

2014-08-13

过了铁*

变得快乐

又有力气

难免地不自觉

有点傲慢

对别人的烦恼

没有耐心了

以为不过正如自己当初

我知道！

不就是！

---

* 过了铁：取自英谚，“iron in the soul”，张爱玲在《小团圆》里称之为“灵魂过了铁”。

恨不能撬开他的嘴
吃下我的灵丹妙药

没有空间再敬畏
没有盈余再多情
这就是快乐的代价？
我不相信！
心里大声地乐观
同时感到疲惫。
如果只能二选一
如果还可以回去
我知道我也不愿意
想到这里我才真的
伤心起来。

2014-08-20

消失

上午十一点，小阴天

从小区南门出去

路过裁缝铺、面食铺

有一晚回家我看见卖面条的男人独自坐在路边抽烟

路过便利超市、包子铺、菜店

许多次午后大白寂静里我看见菜店的女人坐在窄小的青阴里十字绣

路过收废品的摊儿、修自行车的人

修自行车的人啊，曾经我欠他五毛钱

路过桑葚、洋槐和苦楝

路过浅紫色的风

哦，最初的秋天

拂过脚脖儿
毫无征兆，我气定神闲

我想起去年的一场秋雨
黄的红的树叶湿漉漉
在眼前还鲜艳
等今年的秋雨到来
这幅记忆就要远去
好像也无法惋惜
我觉得我像一杯
没有杯子的水
恍惚盈溢
任何时刻都不像它的照片
平扁确切又静寂

我想到我竟然会消失
拼尽想象也无法具体
无、

不就是丧失了具体
熊在背后俯身
压下透明的影子
回头不见、只剩好奇
空洞的、无从问起
即刻所有这一切
被我对它的意识包裹
差不多只是忧郁
这丰厚的时刻
正提前被记忆包裹
差不多就是充实
可是、哦不、
虽然、哦不、
而且、当然、
意识和记忆也会消失

2014-08-25

能开窗的日子

能开窗的日子

心里毛茸茸

像棵蒲公英

风一吹就要散了

风一直吹

2014-09-08

月亮

总是看月亮
又总是不知怎样看
思考肯定不对
通感也与它无关
热情迎上去
冷冷映回来
真像镜子一样
拒绝、挫折

可总是感到安慰
不知在庆幸什么

2014-09-08

秋天

以为怀念的是完整
换床单和被套
刷马桶和水槽
擦地、洗澡、转动洗衣机
敷着面膜躺在蜜色的阳光里
读一本小说，沉沉睡去

以为怀念的是孤独
凌晨一点半在喜士多
打听那个旧店员
不高个子、闷闷不乐
他去哪儿了？

灯光炽白没有影子
鱼丸竟然是热的

以为怀念的是诗意
星期二午后坐五站公交车
去缴煤气费
路过高楼上人家阳台
三角梅烧成烈火
还是寂静的

以为怀念的是疯狂
失眠的深夜，狮子
的眼睛从屏幕望出来
对视，我没有输
拉开窗帘让月光
照在心脏深处
狮子在那里呼吸

太突然了，我怀念青春
好像昨天还在庆幸
总算穿过隧道
要安享劫后余生
这感觉转眼就
旧了，再跳不出去
到处都是经验和成见
像旧棉袍，脱不下去，
脱下去里面
还有一件

是啊我怀念青春
和整个过去的人生
我怀念那无垠的未来
永远用不完的崭新
是啊生命还有剩余
我将体验新的衰老
新的厌倦、新的残酷

我将体验越来越远的
一去不回头
越来越温柔的
麻木
越来越怯懦的
满足

春天是全新的
秋天是全新的旧
冬天啊，请用一场全新的大雪
证明我此刻的自大
是个全新的错误

2014-09-22

日记

DIARIES

暴风雪

2011-02-02

在小店买牛奶，店主说明天有暴风雪，我说明天是中国新年，他立刻笑眯眯，说 happy new year！我也笑眯眯，也说 happy new year! 推门出来，想，这情景，有点像三毛哦。

住在小镇上，又是中西部的小镇，好像格外地有一种进入了别人的生活深处的错觉。安阿伯恰如其分地衰败和荒凉，几乎天天下雪，像是被笼罩住了，不记得还有世界。

前任 fellow 找的房子，很奢侈，有五扇窗，望出去各是一棵不同的树。街上偶尔的路人，都是独自疾走，背着鼓鼓的双肩包，那形象非常感人。奋战在人生里。

周日大晴天，去 downtown 溜达。街边都是小餐馆。想着夏天的漫长的傍晚，餐桌摆满一路，投入地说着话的人，大笑着的那些脸，女人们露出肩膀，楼上窗口飘出琴声。不能待到那个时候。

Fellow 基本都是白人男，全都非常友善。只是更加觉得隔膜，仿佛本来可以成为好朋友。不仅是语言，还有文化，没有共同话题，每句话每个表情都只是为了传达善意。也想 open 一点，但是跟他们在一起就觉得非常累。

我不相信自己那些知微见著，不过是反复地消费成见，想过也就扔掉了。

选了一门课，社会运动与抗争政治。很认真地读，刻意矫正不耐烦。也是怕丢脸。

理论是在美国的案例基础上建立起来的，跟我要找的东西，并不是很吻合。我还没搞清我的迷惑到底是什么，就只是知道自己有好多事情没想清楚。

倒是一直在想着这些事，现在开始记点笔记，希望到走的时候，能够把问题列出来，一个是一个，有个单子。

春日

2011-04-14

1.

下午三点，两个人聊着天从窗下走过。又回来，在这一小块街旁空地上扔橄榄球。扔过来，扔过去，继续聊着天，漫不经心。

没一会儿，声音远了，看不见人。探头望出去，在拐角那一家的门廊里。一个坐在矮墙上，后背白花花晒着太阳，另一个应该在阴影里，看不见。声音更低了，偶尔飘来几个发音，轻盈没有痕迹，像露珠滑落。

不时望一下，担心他们消失。

2.

进门的时候觉得阴凉了。

五扇窗都打开了，放进春天的声音。

穿着大棉袄，看光天化日。知道要走了，觉得什么都是平白无故。

有点演，也是需要这样提提神。

3.

骑自行车去邮局，一个长坡放下去，头发吹起来。刚觉得这一幕像电影，迅速撤出来，我不信任陶醉。

有一天傍晚，在路上走，走着走着跑起来了。觉得生命太好了。也还是陶醉。

4.

暴雪过后，有一晚从外面回来，双手端一只冰凉的大号煮锅。老远看见小路口上一个人，跨着自行车，站在路灯的锥形光束里。

路灯下的雪景，像是另一个星球。

从车轮前走过去，一瞬间真实异常，像针扎了一下。忍了忍，还是回头，正撞见一双眼睛熠熠闪光。What’s to watch?

他有点窘迫地笑，just take a breath. 终于又说，It’s beautiful.

过马路，又走几步，再回头，还在那儿。夜晚像冰一样寂静。我欢快起来，脆生生喊过去，r u a poet?

他还是窘迫、也有点快活地笑了，也很大声，no! not nearly even!

到家遗憾地想，忘了跟他说，u make my day.

是很爱演，要不冲不破。

5.

有一天在饭馆儿等饭，窗外停一辆车，里面俩男的，说着什么。副驾那个出来，一会儿拎了外卖，在车里吃。

就一直看着，希望他们接吻。好像然后这个傍晚就可以凝聚起来。

其实并没觉得他们是恋人。饭就来了，不知那车什么时候开走的。

羽毛球

2011-06-09

有一天下雨，我和妈闷在屋里出不去。晚饭以后觉得应该运动一下。妈找出宝的一只黄色塑料球，说，咱俩玩儿拍球的？那球漏气了，拍着很累。妈拍了二百多，我也拍了二百多。拍球的声音停下来，觉得太静了。

想起了羽毛球。球拍是姐姐家的。他们从广州搬走，一堆东西留在储藏室里。租客要求清空，我去收了来。去年跟着行李寄回长春。

妈说她不会，再说没地方。

散步时候去小卖店问，真有。一块钱，红屁股，马桶抽子那样的橡胶，一按一个坑。竟然是羽毛，不是塑料网格。买了一只。羽毛掉了，妈也不会同意扔的。

第二天饭后出门，感叹天气好，一丝风也没有。提议打羽毛球，妈就有点跃跃欲试。

妈不善于运动，协调性不好。左手扔球，右手一挥，就打空了。妈前后左右看，再试试。还好没人。小区人少，多半都从地下车库直接进电梯。今天傍晚出门，看见大青虫在石砖路上爬，竟然是翠绿干净的。后来妈累了，在长椅上坐着，我就一个人颠球玩儿。妈说，练这个，也能帮助发球吧。

回家来，妈就拿个球拍在厅里颠球。隔天早上，妈听我起来了，就喊，老姑娘，妈刚才颠了二十六个！今天的目标三十！

妈像春天一样。给我织毛衣，傍晚上天色暗，舍不得开灯，拿了坐垫坐在窗口的地板上，两条腿直伸出去，是个逆光的剪影。

接着几天不是风就是雨。我们就在客厅里打羽毛球。妈进步很快，互相给顺风球，能打许多个回合。妈说，这嗡儿嗡儿的声多好听。

十五分钟左右，妈就累了，说是出一身汗。隔一个钟头，再打。

打球的时候，妈说，其实这玩意挺好玩儿啊，其实人应该玩玩儿，以前就寻思玩儿都是不务正业呢。

又说，我早咋不知道玩儿呢，也没人告诉我玩儿这么好啊，再说那时候有啥可玩儿的。

又说，这段时间啊，以后回忆起来，其实挺好。往后去北京，谁陪我玩儿啊。

又说，谁也不知道，这宽敞的大房子里，住着这么古怪一对母女，与世隔绝。

夏日

2011-07-31

昨晚大暴雨，今天晴透了，大风。在最深的夏天，翻出金色的爽利。

沙滩浴场总是热闹拥挤。吃过晚饭出去，岸上已经青蓝，太阳还在，波光晃得眼睛睁不开；小孩儿不倦地跑，金色的尖叫被暮色裹住，一团团是许多温柔的小拳头。像是走进了什么人关于幸福的记忆。确信谁也看不见我。

有一天从外面回来，在宽阔如广场的路口，等一个一分半钟的红灯。晒得眩晕，像是站在白银的内部。索性闭上眼，听车声呼啸。竟然那么好，时间不在了，人生从身体上离开。

张爱玲

2011-08-15

1.

从外面回来，抬头看见阳台上晾着圆宝的小衣服，没有风，一件一件纹丝不动。像家门虚掩着。

深秋傍晚放学回家，老远看见厨房灯亮着，扯脖子喊，妈妈！跑上楼去，吃刚烀好的地瓜。

晚饭后，跟妈和姐出去打羽毛球，宝跑来跑去，装奥特曼，打怪兽。天黑了看不清，在藤椅上坐着说话，一句是一句，像肥皂泡，在空气里慢慢飘，不知在哪里消失不见了。等电梯的时候，宝问，我们是一家人么？

睡不着，胃难受。摸黑拿一块面包，站在窗前吃。下半夜的大暴雨，路灯亮得仿佛有生命。夜行军的火把，宇宙里的灯塔。电闪雷鸣劈下来，简直以为只有自己醒着。

2.

三篇书评，都提到张爱玲，其实有点意外。以前常被开玩笑，没以为说的人真这么想。

十年前看完《秧歌》和《赤地之恋》，再没读过。技艺超凡，无可挑剔，不知为什么就是不叹服，不满意。

直到《小团圆》，终于罔顾读者，写得真好，不辜负自己。不小心就把九莉和作者混淆了，我爱上这个人，她对自己诚实刚烈。当然也许我爱的不对，令她厌恶。

无所住

2011-10-07

1.

从住处到地铁站，要斜穿一片小树围合的空场。有半个足球场大，砂石地，踩下去咯吱咯吱的。走到中间，太阳晒着，或者夜空垂落，觉得自己是走在大地上。不需要知道这是哪里。凝聚为此刻的所有偶然，都不值得追究。

在地铁里看人，看腻了，不断撞见自己的边界。想象是经验的囚徒，我当然也是，"生活在自己的幻觉里"。

有座位就看小说。《日瓦戈医生》出国前拿起来，跟《安娜·卡列尼娜》交替看，不及后者鲜活丰盛，就放下了。只记得拉拉非常可爱。

从头再看，觉出独特的好。真是诗人，通篇深潜的情感。好像也没有为了热爱简化什么。

还没看完，主人公迄今毫无缺陷，竟然不可疑。

尤其爱看他写天气，季节，天空，乌云，雷雨，大雪，树木，荒草，气味，声响。觉得自己就站在作者身旁。一些片段钻牛角尖儿似的捕捉细微的感受，写出来却很轻盈。这种时候尤其要想起他是个诗人。

“整个空间是如此清明透澈，似乎为你打开了洞穿一生的眼界。这种稀薄空寂的感觉，如果不是如此短暂，而且只是在秋季短短的一天的末尾、接近提早到来的傍晚时刻出现的话，那真是难以忍受的。”

长春再晚几天就是这样。确信不会失去去年此时的自己，走到哪里都心安。

我怀疑就是为了这个，为了反复看见大雪，才这样热爱俄国小说。

东北总是那样，有天有地。广州好像就只有人。

异木棉一树一树少女般的浅粉色，竟然没有一丝楚楚可怜。高架桥两侧茂茂实实的三角梅，噪音灰尘里，紫色小花混杂绿色枝叶，有一种肮脏感。生命的卑微顽强，固然感人，可以赞美，但是也非常可恨。

可能对异乡的事物总有点无情。

凤凰树美如丝绸。台风也是恢弘的。

2.

在汕头住一个晚上，正赶上台风。

从海滨路拐进小街，两旁都是陈旧发霉的盒子楼，鸟笼一直困到顶层。阳台上晾着有颜色的衣服，植物的枝叶伸出来，毛匝匝的，有秽亵感，混在污浊中，很轻微。

如果被措辞攫住，准要说这种楼是吃人的怪兽。其实正相反，我觉得亲切放松。到处都有这种楼，我从小住的那一栋，现在就是这样，不过北方没有霉湿，多出一点颓荒。

小饭馆在人行道支起炉灶，三盏红灯笼底下，陈列海鲜和青菜。

一张腻污的大圆桌上，一卷卫生纸。风很大，卷心竖起的纸头在风中猎猎地抖，像白色的小火苗。女人在桌对面洗鱼洗菜，不时看一眼天，好像也没想什么，又好像等待出海归来的人。

洗菜盆递给男人，刺啦一声腾起一团烟。我几乎觉得自己是个水手。

没带伞，吃完便往回走，迎头一弯黄月亮。乌青的雨云里，月光也湿润了，毛茸茸的。前方正是海。

风浩荡，非要人心胸荒旷。我又觉得自己差不多是个水手。

早上拉开窗帘，全是盒子楼。中间小块空地，竟然没有充作停车场。两个老式篮球架，大石条压着。

一个小女孩骑自行车，可能有十岁，低回急转，跟滑冰似的；身后还带着个更小的小孩儿。第三个小孩儿，也像是五六岁，奔跑着，跟不上，放弃了，自己伸开双臂，盘旋着跑小圈儿。

自行车消失在树冠底下，一会儿飞出来，到小花坛那里，伸脚支住。身后的小孩儿蹭下来，换了乘客，又飞出去。

我想起这是十月三号的早晨。十岁，面对无从打发的节日，偶尔裸露的空白，顶多只是轻微的惆怅吧。也许全是轻松和欢快。

这样看了五分钟，他们重复了几轮，一直没有散。我觉得非常庆幸。

3.

住处四周除了荒草，就是工地。中午时候，有人骑板车来，停在荒草旁小树下，点起煤气罐，炒菜。路过闻着非常香。总有三五个工人，就地坐着吃，端一个搪瓷盆儿。应该算是改善伙食。

一直绕着走，有一回还是看见了。芹菜炒豆干，也许有肉，看不见。

有一回看见板房窗口，斜倚着一个年轻女人，姿态有一点风尘。穿一件紫色衣服，头发梳得溜光，露出完整的一张黑黄的方脸。高颧骨，大眼睛乌黑的。也许是探亲，不知怎么住。

还有小孩。一个黄瘦皱脸的男人，也许三十岁，也许五十岁，蹲在树底下，给孩子喂饭。孩子站着，张嘴等，扭头看我，男人捏着他的脸蛋儿，把头扯回来。

两个开裆裤，大叉腿坐在方砖路上，腿间各有一堆沙子。大一点的那个会玩儿，两只手全埋进去，猛地抬起，扬的哪都是。另一个扭头看他。一点声音都没有。一个半老太太，树荫下半截水泥管上坐着；一个年轻女人，抱胸叉腿站在旁边，一点表情也没有。我从他们身边走过去。

村子还挺远，也不会带到工地来玩。应该就是哪个工人家，也许是个小头目。

初饮初乐

2011-11-19

1.

降温下雨那天，必须去一下书店，约董黎明在地铁口见。在换线的人群里穿梭，觉得自己脚步有力，十分矫健。我喜欢坐地铁，茫茫人海中我有一个明确的目的。

在书店跟前一个韩国饭馆儿吃午饭。有点早，占了唯一的窗边桌。吃火锅吧，下雨呢。热腾腾端上来，点着火，盛红彤彤的辣汤喝。黎明歪头看窗外，笑，这小天儿。对望一眼，来点儿酒？

要了酒单，看中一款“初饮初乐”，不知是啥，就图名儿好。

绿玻璃瓶子，小玻璃盅，十分韩剧。可惜是冰的，瓶上一层水雾。应该是温的嘛！怎么不是温的！这样穷讲究着，越发高兴。简直难为情，怎么可以过得这样好！

2.

又到购书中心才买到。逛逛，外国文学。

黎明说，HMW 有点那个哈。我说，他就是个乡愿！

笑了好久。现在想起来还要笑。

四处寻衅傲慢了一阵，买了《随园诗话》，《阅微草堂笔记》。

后一本，黎明说，太祖喜欢的哦。我说，我只想到张国立。又笑好久。

我不太懂，只想读点古代散文。古文至少是斟酌的，我设想他们每个字都过意识。

3.

一个月前，早上下小雨，去帮姐看房，客走了才十一点。黎明爸妈出门儿，丈夫出差，闺女在幼儿园。我顺路买了白菜西红柿去她家煮面。

吃面出了满头汗，窗外下起大暴雨。我们沉默了一会儿，像是要加强这幸福感。仿佛屋里有篝火。

雨停了出去溜达。太阳蒸着水汽，挥不开，可还是晴朗，树绿得简直富贵，水坑儿里都是金光。

坐在海滨花园滴着水的长椅上，她跟我指认了香花儿和盆架子。还有一种，细枝细叶，一层一层的，路上很多，不知名。

隔几天查到了，叫榄仁。

4.

在图书馆借了一本《习见园林植物》，一本《诗经植物图鉴》。诗经里那些草，不少都是小时常见的。看图片吓一跳，许多午后和傍晚重重叠叠，小时候的自己影影绰绰，就要活过来。看不清楚，靠近不得，可是就在那里，果然没有消失，有失而复得的欣喜。

隔一阵才想起，诗经那时候，也是这些草！十分惊悚，像撞到鬼。

卷耳（苍耳），游龙（红蓼），竹（扁竹草），绿（荩草），艾（艾草），萧（牛尾蒿），麻（大麻），菅（芒草）。很高兴它们各有名字，可是没办法觉得那名字与它们相关，记不住，像背单词。努力记忆的时候，觉得有种刻意，像是要附庸文雅，装扮自己。就放弃了，又怀疑只是懒。

也还是不一样了。走在路上，看到野草，知道它自有名字，祖先见过孔子，孔子真的生活过，感到很满意，世界更真切了一些。

5.

那天跟黎明说起中国古典小说。我看的少，可能只是一厢情愿的臆想。我喜欢生活流，没核心，不刻意，有超越历史性的异世感，又有超越戏剧性的忠诚。黎明说其实《金瓶梅》就是这种，挺好看的。我说没看过。她说报社图书馆就有，给我借。

昨天又下雨。《随园诗话》读到一句：门外野风开白莲。喜欢，顺手发给黎明。她回，馆内书生寻金梅。

也太雅了吧！严重超出我的文化程度，立刻非常想显摆。

而且也太巧了，她刚好在找，没找到，问说都借出去了。

《随园诗话》不好看，都是针对当时的诗文风气，像专栏作家。我多半都同意他，可是没什么启发。想看的轶事也不多。说到一个女诗人，跟婆婆不和，自杀了。说的像是平常事，我很难过。许宜瑛七岁写的诗：一种月团圆，照愁复照欢。欢愁两不着，清影上栏杆。

去穗石

2012-03-26

1.

沿外环走十五分钟，就是穗石。菜市场路口，立一个蓝牌子，漆着白字，“穗石村”。竟然有古意。

菜市场门口有一块三角空地，长了几棵大榕树。榕树底下有石桌石凳，石桌上刻了象棋盘。有一天非常闷，走到那儿出了一身汗。出来把菜放地上，坐石凳上喝可乐。象棋盘上落了一枚小小的榕树叶，聚焦给它，世界就虚化了。

有几天，有个女人摆摊儿卖皮鞋、皮夹子。入冬的时候，又卖毛绒家居鞋。傍晚格外阴冷，街上飘出爆蒜的味道，十分浓烈，介于香臭之间，让人归心似箭。五彩的毛绒鞋后面，年轻女人像是冻坏了，茫然站着，一身衣服全旧了。

村里街上开摩托车的女人，总带一点不安，特别像活着。有一个带两个小男孩，双臂拢住在胸前，任他们脆声说笑。自己别过头去，向路边，目光散远，什么也没看，在想心事。开得不快，长头发给风吹着，一抖一抖，她怜惜自己。

外环路很好走。

贴着步行道一列密实的树墙，没有修剪，一枝枝从上面伸出来，是半个绿色的拱顶。地上野草长得疯，没过树干，跟树叶连在一起，毛茸茸，像动物的皮毛，让人不敢触摸，有悚然的生命感。

步行道与自行车道之间，自行车道与机动车道之间，都是新种的小树，隔几米一棵。不知叫什么，球形树冠，枝叶均匀，不是很密，看得见树干直戳戳捅到树冠中心，像个棒棒糖。

偶尔遇见一两个人，都让人好奇。有一回两个女人拎着菜走在前面，一路聊天，说得十分热闹。我觉得自己好像还没投胎。

车也很少，一辆汽车或者摩托开过，渐近渐远，听得清楚完整，像是划过一座小山。总是有鸟叫，远的近的，闪烁不定翠绿的星星。有一回看见两只红屁股的鸟，落在枝叶稀疏的小树上。走过去也没有惊起，站那儿盯着看，半天，好像知道了，扑落落飞走了。

2.

春节回来许多雨雾天。有一晚在城里等人，路灯照着，都看不见雨丝，只是蒙蒙的。特别像幻境，又特别温柔，空气都软了。脚步下去，还是结实的，世界只有一个。

继续收到 knight wallace fellows 的群发邮件，有时候看一眼他们聊天，像偷窥。结婚，生孩子，换工作，早晨起来看窗外思考人生，傍晚回家拿到杂志看到其他 fellow 的作品。我想象城郊住宅区暮云绵亘，春树凄清，草坪前立个小邮筒，哪里趴着一只猫。

Alec 高瘦，陡峭的尖鼻子，戴金属框眼镜。很腼腆，大家那么熟了，他说话还是难为情，也不太会开玩笑，就喜欢跟着乐，乐得很大，大排过分整齐的白牙。最后总结会，他说这一年完成了一本小说。我心里为他高兴。

有一次晚饭后，陆续走了，剩下几个在聊天儿。他弹了一会儿钢琴，也没人理会。停了一会儿，又弹。窗外白雪皑皑，我坐在黑暗的角落里没动。就觉得他特别洁净。

活人在那儿都像是偷窥。他们确实看不见我就好了。

有一回周末去 Wallace House 打印，碰上几个白人男看美式足球，喝啤酒。Alec 带着儿子，两个小男孩儿都长得特别漂亮，像明星的孩子，扭过头来，随即扭回去。Justin 举了举手，Alec 从沙发后背伸出头来，说 hi，又伸出拿着啤酒罐的那只胳膊，说，do you like football? 我觉得非常窘迫，害他们应承，赶紧印完走了。

常想起在安阿伯的事。有一晚真真切切看见 Laura 的笑容，睁开眼就飘渺不见了。想到我认识的人都不认识她。

常想到 Harry。去他家的路上，远远看见他，拎着一瓶酒。驼背，穿个呢子上衣鼓起一块，棕红色的络腮胡子，像个俄罗斯思想家。

临走那天又下大雪，跟雅雯去吃午饭。从屋顶停车场下来，路边看见 Harry，倚在杂货店的雨棚下抽烟，皱着眉头，在想事。看见我惊了一下，又像醒不过来，好像觉得需要解释，我已经说，see you。不会再见了，我没跟他说。可能是憎恨自己会表达不清。

那四个月，与之前之后，都不相干。河里停个玻璃盒子，封死的；回不去，打不开。怕忘，想写，又舍不得。

妈发来短信，下鹅毛大雪，高老师来和我下跳棋。我觉得十分诗意，两个独居老太太，脑袋凑在一起。立刻又知道，那孤独是苦的。

姐短信说，在三环上堵车，非常想过精神生活，阅读文学作品。

王中义饺子馆

2012-03-31

前两天中午去穗石吃饭，记得见过饺子馆招牌，果然菜市场路口往里走，二三十米就到了。

太阳老大，下坡路白亮亮的，没人。路旁堆了落叶和垃圾，该有条狗在墙角觅食。几家小店铺，招牌都褪了色，门窗总像是歪斜的。更简陋的，支起大敞篷，一摞到棚顶的大号笼屉，卖天津包子。正是午饭时候，没有开火，可能只供应早餐，太浪费了。也许要倒闭了。

王中义饺子馆也不热闹，开了两桌，一共四个人。其中一桌正在点菜，犹豫中，一声没有。老板娘拿着小本本，往门口看。

她身材高大，上身胖成一个立方体，扎着围裙，底下露出九分健美裤，细带人字拖，一只脚拿出来，在另一只脚的脚背上轻轻蹭。染了黄头发，紧绷绷盘个高髻；白胖方脸，文着粗黑的眉，上下眼线，神情像是倦怠，又可能是有心事。见我来了，回身喊，儿啊。一个大胖姑娘在店铺深处站起，不紧不慢拿来菜单。

表嫂也管表侄女叫大儿。

这姑娘在唐朝，该是美人儿。皮肤白腻，头发乌黑，圆眼睛，小翘鼻子，微微撅起的厚嘴唇，四五岁小朋友的神情。穿紧身牛仔裤，精薄的白色 T 恤衫，紧紧裹着肚子上的肉，有点透，看得见黑色胸罩带。嫩黄色人字拖，脚也胖嘟嘟的，有种羞怯的表情。

要了一份饺子，问她，够么。

好像有点意外，憨厚地笑，够了吧。

前桌写完菜，老板娘往里走，胖姑娘高声重复，酸菜馅儿的！

妈妈没应，掀开塑料门帘，走进黑魆魆的厨房。

门帘旁边，碗柜和饮料柜隔出一个角落，有一台电脑。胖姑娘看了一会儿，站起来，拿起一个小药瓶，打开倒出药，抓起一瓶喝剩瓶底儿的橘红色饮料，仰头喝光了。继续看电脑，一只腿跪在椅子上，一会儿委坐下去。

厨房那边还有个门，门外白晃晃的，大概是个小天井，地上有一只翠蓝的塑料桶。我猜想他们住在天井对面。借着这一洞亮光，看见厨房里还有一个男人，也很高大，有点驼背，应该就是王中义。看王中义的侧影，像是在掌勺。夫妻俩身影交错，不疾不徐，好像自古以来就是这样。宋朝的夫妻店，也是这样吧。

寒假关了店回老家，忍不住讲起广州这个那个，穷亲戚舍下脸来要钱。过了年回来，打开店门，广州温暖绿色的春天，心里是轻松的吧。不知道这女儿，在哪念书，会不会没有朋友，要嫁在这里么，总有老乡联络吧，这店传给女婿？店也很难一直开下去，穗石早晚要拆迁的。宋朝的人生，也都没有一望到底的安稳吧。

先前觉得做家务有永恒感。掐豆角，切葱蒜，叠衣服，缝扣子，做这些事的时候，有一种奇异的平静，好像归入世代亿万沉默的女人。夫妻店里也有这样的平静，诚恳地生活就已经"大于具体的时代"。

胖姑娘拿起正在充电的电话，歪着身子就着电源。玫红色的手机套。我好像放心了一点。

里面喊，饺子好了！

我接电话呢，妈！

你等会儿打，换煤气罐儿！

端了一盘菜和一盘煎饺给前桌，走回去，拿电话看了看，回了条短信。

一会儿端饺子给我，又回去空坐着。她妈妈忙完了，从厨房走出来，经过她，她说，你干啥去，妈？

不干啥。

老板娘木然说着，走到门口，像是张望，只是见见亮儿，透口气。以前坐车路过乡镇，许多人脸朝大路坐着。碰一碰世界。

妈呀，你看我这是咋的了，是不过敏了，咋这么刺挠呢。胖姑娘用手背摸索下巴底下那块儿软肉。

老板娘没吱声，转身走过去，俯下去看，听不见说啥。

读书

2012-06-13

1.

真的热了，晚上出门，风还是像烤了火才来的。一夜空调，起来手指节疼。上午门窗大开，搬椅子坐风口，风像云一样，一朵一朵穿过，有的扑个满怀，有的轻柔细弱。一边风干，一边出汗，身上糊一层油盐。拿一本《聊斋志异》，像暑假。

许多故事都很感人。最爱看人不悔初衷，矢志不忘。忠于某一时刻深切的感激、歉疚或仇恨，对得起自己。对抗遗忘和变迁的那种意志，是非常动人，有骄傲的光辉。

黄灿然有一首诗，说一个人狂爱三个月，过后的人生，如辽阔的水域，被这个漩涡吞没。最后说，他的人生只开了一个洞，不像我们，千疮百孔。

《聊斋志异》里的女人，性欲坦然。有情有义，生动活泼，看不见道德伦理的压迫和诱惑。可能是美好的愿望，十分大胆。

好几个故事，都是鬼女狐女人女，争夺男人，男人往往是无情义没骨气的窝囊废。这确像是故意的。

2.

看了好几本日本小说，好像就是喜欢想象东京的生活。

看《宋诗选注》。太多反映劳动人民疾苦、控诉税负猛于虎的诗了，让人替钱锺书难过，仇恨那个时代。评注很节制，还是看得出极其博学，简直恐怖。许多地方很精彩，可是不喜欢那些机巧的刻薄。

都说鲁迅张爱玲刻薄，但是他们的刻薄里有人情。钱锺书的刻薄，只有智力的快意。小时候那么喜欢《围城》，大段大段会背。去年看，还是有会意莞尔，可是往往就出戏了，只剩俏皮话本身。更重要，无论如何都感觉不到"两年里忧世伤生"。当然钱锺书自己也不满意《围城》，不好抓它说事。

我觉得，对人世的热情，恋恋不舍，耿耿于怀，是做人的本分，是神谕。写作更是，对自己、对人生与世界的一份情意。聪明不是那么重要。

海上花

2012-07-30

1. 广州

端午节前几天，鼓声不断，从河上传来。我觉得特别好听，振奋里有种哀痛。像项羽那时候。

有天傍晚循声走到码头，河上有雾气，遥遥看见小船，像是收兵，往对岸去了。一眼也就看完了，再站就觉得不自然。咬了两腿蚊子包。

一个瘦高的姑娘问路，我说跟我走吧。她说，姐你是住这儿么。我说，你是东北人么？

哈尔滨的，很多年没回去，只有奶奶在那边，爸爸在天津，妈妈在北京，离婚了。在天津读书，来广州半年多。没有亲戚朋友，自己来的，"就是觉得广州这边儿机会多"。找了份工作，销售，做了几个月，才辞了，周末出来逛逛。还得找工作，呆着不行。不可能在这儿常待的，不喜欢这儿，不过要"拼拼看"，顶多做两年吧。

我到家门口，给她指了路。她说，再见了，姐。我没头没脑地说，你过好点儿啊。回头看她，昂首走着，找路的样子。她高跟凉鞋前面有点松，脚趾头戳出鞋底来，早先涂的水红指甲，只剩一半了。

初四一早就听见鞭炮声，赶过去真的看见了龙舟。各村的人穿了红的黄的衣服，打着幡子，敲着鼓，临到码头，挑起长鞭，劈里啪啦，一团灰烟，一股硫磺味儿，龙舟在烟雾后面飘渺起来。阴天没有光影，更像是很远，像是假的。我盯着蹲在船头那人看，他抽烟，往江里吐痰，近在咫尺，就是真切不起来。

码头上站满村民，大人扯着小孩，小孩嘣着冰棍儿，听见鞭炮声，挤到临江的位置探出头去。想起电影《边城》，刚好就下起了雨。

今年又吃了特别多桂味，也像是着意告别。

春节回来一直没去报社，也几乎没有约人见，总是困，觉得累。而且见了面不知道说什么。

临走前又去小北路弄档案，回报社盖章。在楼道里遇见成霖，问他怎么搞。正站在会议室门口，赶上领导们要开会，我进去跟刘擎说，刘擎照例披着披肩，腰板笔直。我一直觉得她像蒙古国的公主。有一回在广百扶梯上交错而过，她没看见我，我也没喊，因为几乎不认识，没有单独说过话。她搂着我肩膀，进人力资源部大办公室，那样自然亲切，我觉得温暖又羞愧。

朱文鹏让小姑娘帮我用报社抬头纸重新打印一份，跟我说，你也休息差不多了吧，有两年了吧。那时候你不辞职我都想让你辞，太憔悴了，看着吓人。他都还记得，也是差不多不认识。

没办法对任何集体有强烈认同，不过跟报社确实有感情。可能是在那里有过一段把自己舍出去的生活，简直是激扬的。这两天看他们说删版的事，还是心意难平。

隔几天又去，在电梯厅碰见江老师，她还是那样，又清新，又喜盈盈的。我也还是羞愧，急着要说，什么也说不清楚，电梯就来了。办完事去人物周刊看看，廷鑫安排我们坐在靠窗的沙发上，打开方老师的单枞来泡，说去报销、就回。胸中有许多东西往上涌，要是真的哭了，自己都要怀疑是矫情。这里当我们是自己人，真正离开，就觉得特别孤独。

有一天晚上，九点多，江玲特意来看我。岛上没地方去，在北亭的麦当劳，坐着。她刚洗了澡，头发松松的披着。我心里非常感激。也就是那些话，她的生活，我的生活，彼此都是一望见底。所以也没说什么。

收拾东西，什么都不想扔。总觉得，好好的，可惜了，别人都会嫌弃，肯定就变成垃圾了。工业化两三百年了，我还是觉得物力维艰，来之不易。另外也是，想和自己的人生在一起。可能这两年过得太零碎了，五个月，四个月，四个半月，十个半月，东西散落在各处。我想把纸盒箱蛇皮袋都打开，每样东西安排在应该的位置。

2. 长春

在长春待了一个礼拜，没待够。

夏天南湖每天都热闹。周末在长堤看沙滩浴场，帐篷缀成一片，五色斑斓，水里波光粼粼，彩色的游泳圈和黑色的小人头，跃动嬉叫，像极了节日。湖中游着许多小船，隔着柳帘看，更觉得水天辽阔，浮生流丽。

跟李月见了三次，她带 Layla 来，我和姐带圆宝去。吃过午饭，送我们出来，在小区门口等车，大太阳白花花的，一丝风也没有。新区树木都小，阴影站不住一个人。宽阔的马路上几乎没有车。小学时候，午饭后去上学，过工农广场，完全暴露在太阳下，一股柏油熔化的味道，零二四正门口的两片花坛怎么那么大，蝴蝶静悄悄地飞，站岗的士兵在远处，一动也不动。

我跟李月认识十九年了。人生太短了，简直不舍得往下过，一寸一寸都是珍贵的。

有一天傍晚，姐带宝在楼下玩，我跟妈在楼上包饺子。窗外阳台栏杆上，停了两只小麻雀，嘴对嘴，互相啄。我说，是喂食呢吧。妈说，互相稀罕呢！哪有这么大的鸟还喂食的。过一会儿，一只飞走了，另一只不动。又一会儿，来了三只，在栏杆上下跳跃，那一只还是不动。我说它是受伤了吧；妈过来看半天，也说，备不住——准是受伤了，哎哈，这可咋整。那三只鸟又飞走了，一会儿又飞回来两只。我跟妈忍不住，拿了一把小米儿，轻轻推开阳台门，倏地都飞走了。

帮妈找日记本，翻箱子。大姐大学时候的床帘子，竟然还留着，密实柔软，也没见旧。洗干净拼一拼，做外间白沙发的盖布，还挺好看。剩下一小块，妈有个小褥子，嫌面子不好，正好做个皮儿。我觉得这一天过得很古风。跟姐说，就应该是女人们住在一起，搞搞家，养养孩子。姐也说，应该走婚。

3. 北京

五道口真是太脏太挤了，走路总要躲人，又要小心地上，不知道踩着什么。头两天连着去了五次易初莲花，路过自行车档口，总看见两只公鸡，一黑一白，脖子一探一探，在垃圾箱附近啄食，也许在吃地上的槐花。穿梭的人腿中间，它们有自己的意志。像外星人。

三次在路上遇见同学，还好，笑起来还都跟从前一样。可能我们这一级尤其严重，那么多人留下没走，走的又都回来了。我没想来，道路自己走到这儿。去了学校几次，杨树还是那样，蝉鸣还是那样，七食堂的噪音还是那样，食堂的气味还是那样，苹果芬达的洗发水味儿，也还是那样。恍惚看见一团慌张憋闷，也没有躲，也没有掉进去。下次再去，它还在那儿，散不开。

今天见到刘晨，她拿出一张二〇〇〇年的明信片，写给我的，没有寄，夹在书里前几天被她爸爸翻到了。就想起楼门口的信袋子，吃了午饭站在那儿翻，身边走来走去的人身上一股食堂味儿。大一那年夏天，忘了为什么刘晨来我们宿舍住，歪在张鑫床上，穿一件藏蓝色背心，腰非常细。我们都话多，后来还写了很多信，很自以为挖心挖肺，回头看还是像摆姿态，令人动容的是青春的无以聊赖。她笑起来很大，有种肆无忌惮，可是也没有什么好放肆的。这种失望还要持续好久。水房里总有一股烂西瓜味儿。

各处的行李都打开了，五六年前的裙子，穿上像是新衣服。跟林珊珊一起打包时候的心情，那些痛苦里的决心，都回来了。都作废了，可是不会忘，只有这一点安慰。一九九八年刚搬上地时候大姐买的玻璃碗，还剩一只。二〇〇三年罗琳洁来借住，走时候送我的吐司机。她是小甜甜，我不过无意中说起喜欢宿舍食堂的烤面包。二〇〇四年二姐回国一起逛街，大姐买的靴子，大了送给我，在广州只穿过两三回。

收拾出两本《海上花》，上册快要看完。几年前还看不下去，现在真心觉得写得好。说不出到底是什么技法，可就是有种浮生之感。那套美学大概真的失传了，不过那经验还在，还是可以领略。

乒乓球

2012-10-16

小区只有一小块儿活动场地，栏杆围起来，里面六七棵大梧桐，底下几样彩色健身器材，全国到处都有的那种。还有两张乒乓球台，一个石板的，一个木板的。我打得非常差，可是也感觉到乐趣，而且喜欢那个地方。

总是很热闹，小孩骑单车，跳绳，还打羽毛球，打沙包，聊天疯闹。老头老太太陪着孙子孙女，也有的独自来，活动腿脚。有几个小男孩，八九岁，个头差不多，都是圆头圆脑的。我分不太清楚，不过听得出，也是个小社会，每人角色不同。讲笑话，有主讲的，声大气足，有打岔的，有跟着笑的，有提出异议的。两个大概是主角的，有点傲慢，一起走开了，到另一个角落讲电子游戏，你怎么过的 ×× 关？被抛下的那几个，一会儿就没了动静，散了。

有一回晚了，都纷纷回家吃饭去了。一个奶奶带个三四岁的小男孩，大概先吃完了，进来独享那些器械。不论玩什么都查数，查到一百，像成功了一样，奶奶跟着一起喊，九十九，一百！高高兴兴跳下来。我们的球落到附近，小男孩停下来，捡起来给我，但是也没有殷切地看着我。我说，你叫什么名字啊？他说，童童。我说，谢谢你啊，童童。他说，不用谢。童童有点黑瘦，但是一点不忸怩，让人喜爱，忍不住要摸他的头。

打完球去买菜，才发现零钱包挂在球台上忘了拿。跑回去，童童正站在那里等。奶奶说，童童说咱们得在这儿看着，别让人给拿走了，叔叔阿姨回来就找不到了。

所谓赤子之心，小孩子的心情，不过就是要做得美好，因之得爱。长大以后，发现美好未必被爱，受尽挫折。成人世界的罪，可能就是这样。这么说有点装天真，多少大人拿出最好的一面供应一个小孩子，本来那就是一段不切实际的奢侈。这些事情反正说不清。可是我后来就有点害怕见到童童，怕他做作起来，又怕自己会不自然。

有一天下午，大蓝天没有风，去的时候没有人。一会儿来了两个年轻人，二十岁上下，在石凳上坐着，不知道说什么。看了一会儿忍不住，说我，抽啊！使劲儿！你使劲儿啊！我才看出来那是个女孩子，头发剪得又短又碎，圆圆脸，圆圆眼睛，薄嘴唇小碎牙。我说你来打会儿，她不干。过一会儿又让，她搓搓手，说，试试，多少年没打了。

另外那个男青年，穿了一身黑，瘦得随时要折断的样子，坐在那里没有动，也没有表情，就抽烟。

后来知道，他们在小区门口一个叫骨堡的餐厅打工，偷空出来放风。女孩子从河北来的，才十七岁。我隔空看见秋天的田野，辽阔得人的命运微不足道，想要伸手抓住，就只有风。

节日里有一天，中午，人很少。一个三四岁的小男孩，爸妈陪着，不断发起新活动，总是不起劲儿，那妈妈有气没力地说，赶紧上幼儿园吧，放假没人跟你玩儿。过一会儿他们走了，想大概也发愁，去哪吃饭呢。另外一个妈妈，儿子才比球台高出一头，俩人打乒乓球。那孩子就到处去捡球，也听不见他们说话。

二姐电话里说，觉得整个北美就他们仨。其实也都差不多。中秋晚上一大桌人，围着肉山肉海，高声说笑，小孩子满屋追跑，尖叫着，藏猫猫。饭后喝茶，话题之间片刻片刻的空白，露出几个人空坐着，为了刚才那一点热闹，都有点疲态。

另外一个中午，也是寂静无声，中间来了一个老太太，头发全白的，拎一只纸袋，垫在石凳上坐下。就坐着。球停到她脚下，我过去弯腰捡，看见她的布鞋棉袜和裤脚，整整齐齐的。我想我得活得劲头十足，才对得起她的羡慕。才敢老。

达洛维夫人

2012-11-04

昨天下午在姐家，有一会儿，李勇陪宝玩时光机器，我跟妈下跳棋。大姐说，我有一个浪漫的想法，干脆现在一个人，打个伞，去婕妮璐买牛奶！一个人！她就真出去了。外面冷雨迷雾，车灯都射不出来，濡湿了，一颗一颗像小红蒲公英。我想象路上叠满了浸在雨水里的黄的绿的红的叶子，替姐高兴。

姐回来，问她，浪漫么？她说，没有！一路上想着晚上做什么（饭）！只有一片银杏叶掉进了我的塑料袋，还可以。

像所有实现想象的时刻，我觉得这差不多就是幸福，同时怅然若失。像大雾，往前看有，往后看也有，进去就没有了。

在这暖水缸里，懒洋洋要睡着了，真的有点怀念，孤独里紧紧抱住自己的那强烈的存在感。

知道是自欺，像暴雪寒天，美是美的，稍久一点便受不住，后面就怎样都虚浮，做什么都怀疑掺了假，并且瑟缩狼狈不方便。

晚上小胡开车送我回家，顺路接一个同学去她家过周末。今天早上起来，看见一夜大雪，想两个单身女青年，昨晚拥被喝酒，絮叨千遍小心事。那到底算不算是好时光。

农历八月十七日上午，我独自走路去照澜院买菊花。

想起达洛维夫人，那本书始终没有看完第二页。也许换个时候就看下去了，也许就会觉得好。这真要看缘分。我得记住这事，以后别人不看我的书，看不下去，看了不喜欢，都是应该的，自己作为读者，也很粗暴。

短篇小说

2013-04-12

一直不太喜欢短篇小说，掌控感太强。最持久而触动的经验，恰是生活的无可把握、不拘形式。最近有两次，强烈地感觉到，真像是活在短篇小说中。

礼拜一下午，去照澜院买了骨头青菜和一束花儿。回来给气垫床充气，换床单被罩。繁旭就去机场了，接他爸妈。我插好花瓶，骨头焯水，换到沙锅里烧开了，小火炖上。做饭还早，这一小时显得特别宝贵。有点饿，想到独自去多乐之日吃蛋糕，已经觉得太妙了。风刮了一天，蓝天如新，轻丝白云，出了东边小门儿，抬头正见轻轨列车隆隆驶过。

无数细琐恩怨原委随意拾取，稍微铺展一下，很从容就可以写成一篇。我这样想着，像要起飞了一样。后来只写了一首赞美天气的小诗。好像韵律比之前的好，姐直接说太肉麻了。我嫌它轻盈讨巧，还是宝贝，能写出来的诗都是意外之喜。

礼拜四中午，大姐来拜访，五个人吃午饭。繁旭匆匆开会去了，我洗了碗，坐姐便车到城里。车里晒得热，去吃许留山，像初夏第一天。回姐家说闲话，她要午睡，我看了一阵《似水流年》，《东宫西宫》还是太刺激了。傍晚姐去接宝，我跟车到幼儿园，下来走过小区。天气太好了，冷风和金光落在脸上，人生是多么意外的一个馈赠。国贸后面那一片高楼底下的小路，时新得令人羞愧，必须是杂志里的漂亮女人。斑马线跟前有人卖烤地瓜，像见了老乡，立即买了四个。旁边卖花，马蹄莲只剩一束，有点败了，送人不太好。

向京还没回，其他人在路上。我看楼下小广场上的沙发椅好得很，就进酸奶店买了一杯，蓝莓十分新鲜。前头石沿儿上，坐着两个中年女人，都是厚实的长头发，梳得溜光，扎成一个髻。近一点的，大概有五米远，穿浅米色保洁员套装；旁边那个家常衣服，低头绣十字绣，像是住家保姆。保洁员一直在大声快速讲话，亢奋有时候看起来很像欢快，不过让旁人觉得十分悲惨。真的很能讲，我坐了有半个小时吧，没有停顿，脆爽的声音穿过傍晚的喧闹，每个音节都胖了，像一大把荧光橡皮球，此起彼伏、急促地蹦跳。绣十字绣，就显得非常安详，听不见她的声音，也许很低，也许根本没有讲。我无事可做，构思她们俩的微妙情感，又找原型，搜罗各种听来的故事。又想，可以先写我的下午，再写坐这里看她们，再写她们分开了，跟着其中一个回家，展开那家里的故事——有点俗套了，要求助于命运本身的惊人。

后来聚会，我就成了那个一直讲话的凄凉的人。

春意思

2013-05-10

1.

到家第二天，出去买东西，妈说别在坝上走，风太硬。回来忍不住上去，南湖还是冰雪覆盖，野风像一群战马，四面八方袭来。冬天是这么强健又骄傲的一个老人。

又下了两天冷雨，从餐厅的大窗望出去，有粼粼闪烁的一块。在家就是围着电暖气，像农村人不下炕，把闲适熬成一锅糊涂。妈担心庄稼，往年这时候垄沟都打好了，现在根本下不去地。我记得清清楚楚，两年前同一天到家，倒也是下小雨，穿棉袄，不过去医院的路上，桃花梨花一树一树都开了，美得十分残酷。

我这屋的暖气，还是大前年，裹在棉被里，从广州寄回来的。原先就瘸腿了，再装干脆掉下来，只能倚墙歪着。有一天早晨很振奋，大声说要修上它。妈在阳台果然找到装修剩下的木条，又从哪里翻出生锈的小锯条。量好尺寸，锯下来，钉钉子，塞进去，用细绳绑住（没有胶，也怕不耐热）——丁丁当当真的修好了，非常结实，根本看不出来坏过。妈又感慨遗传，盲目崇拜我，说可以开个铺子，立个牌儿，负责修理一切。例牌对话，也都没有敷衍。

有四个灯泡不亮了，不碍事，不过既然想起来就换上。里屋那一盏，不知道是什么年月的款式，灯管和镇流器连在一起，拆下来再买不到。没有绝缘胶布，妈恐惧电，不放心我，还是找了表姐夫来修。表姐夫近几年生意好，房子都有四套，大姨说逢年过节送礼，都是现金，几万几万送，就是一汽哪个厂的一个科长。坐下来就跟我谈时事，说，怎么一点希望都没有。他以前最爱看《南方周末》和《环球时报》，现在不知道。前些年我们评论部出书，他看了，开车送我去机场，说，我感觉批评得太狠了，也得看看好的方面儿。我深信他是真诚的。本来就是修电器，后来也卖过灯具，真是二十年前了，暑热天，来家修电扇，妈相中了，到啥时候人家有个手艺，介绍给大双姐。我提起这事，他说，不说还真忘了，老姨是媒人呢！得请老姨吃饭哪！大家都很乐。大姨和大姨夫也一起来了，大姨夫聋，说话都用喊的，格外觉得屋子太大太空旷。他们走了，我收梯子，觉得有凄凉的暗示，怎么像是学雷锋探望孤寡老人了。

妈倒是永远一颗年轻的心。头一个好天气，中午睡醒了，穿鞋就要出门，我上院儿里挖婆婆丁去，你看我还有个小篮儿，去年人给我送粽子拿的，带劲不带劲。我说，带我一个呗。妈说，我先下楼了啊。篮子里那把刀我认识，是她结婚前大姥给她打的。这些东西一直还在，简直让人感激。

2.

放晴了出去，春水真是盛大，一涌一涌的要扑上来。到五一，就有许多游船，彩篷点点，银波闪闪，是小学生作文里的节日。中午时候太阳晒着，也不是太冷，腥气蒸腾起来，像许多微生物在空气里嗡鸣。怎么看柳枝也是才刚刚泛黄，长堤上路路行行都是人。

去桂林路买酒回来，动心买了一瓶汽水儿，走到中间坐下。石台往前一米远，一个老头躬身坐着，比干姜还枯瘦，碰一碰就要散架子了。戴蓝布帽子，半截小帽檐儿，掐一圈儿褶儿，是四十年前的样式，可能才翻出来，还有九成新；白蓝条子宽大套袖，大别针亮闪闪地别住，双手高举，握住跟前的轮椅推把，又站不起来，难道是怕丢。上来一个老婆子，兴冲冲的，在我与干姜之间坐下，仿佛我就是在等她——真有捞上鱼的，赶明儿咱也整个网子，兜几条鱼养养！

今儿个这天真好啊。前两天，就二十号那天，也晴了，我寻思让我妈出来溜达溜达，都憋屈一冬天了，姆们就住那黄楼那儿，就那嘎达，这多近呢，才走到沙滩浴场，还没过那个大船呢，你说我妈她就脑出血了，完了就没了。

还是一脸搭讪的笑，倒是不矫情，可是也太坚硬了，没有揣测的空间。

没了呗，住院了，住三天，就没了。都发送完了。那没法儿了，我让我姑娘回来了，在哪打工不是打工，在北京挣三千块还赶不上在长春挣一千五百块呢，同意了，找工作呢，这不才回来几天儿么，毛岁二十七了，我今年五十六岁，属猪，生日小，腊月里的，我还有个儿子，在外企，我家在汽车厂那边儿。

我是护工，看这老爷子。嗯哪呗，我妈一直就跟着我，都说好的，他们也乐意，人有钱的都不差这一口饭，这不做个伴儿，有人儿说话，老爷子也乐呵——老头儿还是一动不动，眼珠都没有转一下。

儿女都有钱，仨姑娘一个儿子，俩姑娘在上海，一个姑娘一个儿子在长春。都不孝顺，搁不了，要不能请护工么。我离婚的，离多少年了，算算吧，一九九四年，哎呀妈呀，那可不快二十年了咋的。不行，又喝酒又耍钱。孩子都跟我，原先开个小卖铺，完了还做盒饭，夏天卖烧烤，我妈给我看，她也认字，卖点儿东西啥的都能，打我离婚我妈就跟我过，我老大，还有两个弟弟一个妹妹，我妈跟我吃不少苦，哎呀，这有两三年了，出来打工，房租涨了，小卖铺那玩意也不挣钱，卖一百啊能挣二十，再说我妈现在眼睛也不行，到岁数了，七十八了，我跟我妈说的，要不我出去打工去吧，左溜儿*孩子也都工作了，我看我打工也能挣这些，还不累，管吃管住的，就这么的，打出来就在他们家，挺好的，钱按时给，姑娘儿子都不咋过来，就姆娘俩儿跟老头儿。老头儿也能说话儿，扶着上厕所，都能行，不累。

我说我得回家了，她好像觉得太突然，兴致正高。我也就像是把谁扔下了一样。她头发非常少，油渍渍的，贴头皮紧紧揪过去，系成一个小疙瘩。戴一大一小两对金耳环，衬在褐色的旧脸旁，晃晃的。要是妈见了，肯定说，不穷，穷啥穷，现在都不穷。

3.

桂林路果然有个大红招牌的烟酒铺。窄小一间店，四面墙

*左溜儿：东北方言，意同“反正”。

都排满货，像要往中间倒。老板不在，坐了四个闲人。

柜台里头那一个，也许四十几岁，实在看不出来，蔫蔫的没精神，就在转椅上扭来扭去，一会儿看电脑，正放着一个外国电影，一会儿又凑出来听热闹。柜台外面有张小方桌，压了玻璃，摆了茶盘，烟灰缸，两边各坐一人。靠里那个比较年轻，戴白棒球帽，金属大方框眼镜，还是看出一只眼珠是灰的，也说笑，可是有种冰凉凉软绵绵的沉着，像是象棋高手之类。靠外这个，和对面小凳上那个，都是五十多岁高大的胖子，一个是紫黑的葫芦脸，另一个是赭黄的大饼脸，一针一针的大毛孔，简直像水浒里的人，表情都家常，大声又热络，忙着留住我这个客。

想起来打电话，问有没有，多少钱——你上库里取一瓶来，对对，五十二度的，快溜儿，等着呢。你去逛逛也行，要不就等会儿，三五分钟就回来了。坐着，坐着歇会儿，咱这也没地方让人坐了，都叫咱们几个占上了，哈哈哈哈。别着急，快，就马路对面儿。不带是假酒的，你就放心买，说买差了回来找我那是扯淡，但是店跑不了，这都十几年了，卖假酒能开这前儿么，这么跟你说吧，这老板出门跺跺脚，这一条胡同都得震几震，哈哈哈哈。各自讲起喝大酒的事迹，末了赭黄胖子说，谁喝多了不难受啊！野猪喝多了还撞树呢，何况人乎？说完最后四个字太得意了，哈哈哈哈一分钟，我都替他乐。

屋子里黑魆魆，往门口看白花花，就像曝光过度。抽得烟雾缭绕，还有汗臭味，我也没舍得站到外头去。这店简直像香港。老板来了，瘦而驼背，又戴眼镜，穿灰衬衫，像害肺痨的乡村教师，怎么也想不出跺跺脚是什么威风。这样还更符合电影的趣味。

4.

家里有本《苏联三女诗人选集》，以前翻过，只记得阿赫玛托娃长得好看。这次拿出来，许多篇都觉得看懂了，有领悟。就像是进步了，多开了几扇窗，赚到了。

这书还是电大图书馆的，原来家里有许多，连我都去借过，八六年的《收获》合订本，八九年的《当代》合订本，暑假趴在床上看。有一年列了清单要求还书，这一本不知道是他们漏下了，还是我们没找到。

有一本川端康成，初中寒假看《伊豆的舞女》，觉得很糊涂，怎么男主人公不像是好人。那时候观念僵硬得可笑，年纪小就总像是无辜，其实至少我自己真是，越是年轻的时候越是庸俗。后来再没看过这一篇。前两年重看《雪国》，还是不喜欢。

要说是我不能体会男性经验，怎么他写女性那么有把握，《古都》和《日夕月夕》都像是从经验的水流上轻轻拂过，无痕无力，透明拖沓，刚好贴切蹉跎的少女心境。

约曲红梅吃午饭，人民大街新铺的柏油，漆黑油亮的，浓郁的夏天的臭味。正午的太阳晒着，干尘沙沙的风兜过来，觉得自己就像一棵杨树，那样属于家乡。到了饭馆儿，工人正蹲在门口往池子里栽花儿，现成的开得便宜的地牵牛，一点都不美，那紫色艳得浮切，不配早春的清甜，可是灰突突里看见了，还是心头一喜，春天来晚了，夏天也一并到了。

西王庄

2013-07-23

1.

西王庄没有保安，也不收物业管理费。垃圾筒附近经常淌着黑水，堆满发臭的垃圾。单元门被一块石头顶住，估计挪开也关不上了。混凝土楼梯掉茬儿了，扶手没人敢摸。楼道墙上贴满求租转租、空调加氟、安装宽带、修理纱窗、疏通管道的小广告。

搬进来十个月，修了两次马桶，换了两只水龙头。二十块钱一只的水龙头，转钮顶上嵌着玻璃纽扣似的小圆商标，美术字体写着“劲湃 JINPAI”，每次看到心里都小乐一下，这么天真的上进心。

南阳台外四株大玉兰，北窗外一棵槐树，都贴墙站着。叶子丰满的时候，绿盈盈掩住，望不出去，也不想望出去。槐树上总有麻雀起落，有时候停在护栏上，久久不去，阳光真的斜披在灰褐色的翅膀上。偶尔也有大胖喜鹊，张开翅膀忽地飞起，屋子都黑一下。

楼头儿铁栅栏上，链锁拴了三块铁皮板，最外头一块写着，海淀物资回收公司小区回收站。白天有个男的，骑板车来，把三块板打开，立住，跟栅栏墙围成一个方块儿。我有塑料瓶子、纸盒箱子，就往里头扔。那个男的要在附近，就会小声说句，谢谢啊。他总骑着板车到处溜达，拣垃圾，或者上门收废品。房东给我换了电视和油烟机，旧的就是他来搬走了，分别给了二十块和十块。傍晚的时候，有人帮他收纸盒子就绑上满满一大车。

五月以来，好几次午饭后从外头回来，看见他躺在板车上睡午觉，胳膊枕着额头。板车停在小槐树底下，绿荫荫的，鸟儿此起彼伏地叫。岁月静好也就是这样吧，从他跟前走过，都像是服下一颗定心丸。

2.

小区有一个大门，一个小门，门口各有一家菜店。小门口的大一点，应季有芦笋和紫菜苔，也远一点，买面包回来顺路才去。大门口那一家，店主是个看不出年纪的男人，瘦小，脏，总像没洗脸，灰棕色的。爱说话，说话时候眼睛一直眨，下班啦？还没吃？不论什么叶子菜，他都说，煮面条，做汤，炒着吃，都好吃，拍点蒜米下去。也不十分热络，没有热情的人那种喜气洋洋。多少像是有点疲倦。深秋起大风降温，他换上一件大两码的粗麻呢西装外套，从前洗过没有熨，软塌塌，在他身上十分妥帖。屋里有炉子，还没有点，我迈进门坎就忍不住要说，真冷啊。是自然而然的亲切感。过年回来，初六就开张了，穿一件黄澄澄的皮夹克，毛线领子，听他跟另一个买菜的人讲，花钱，回去就是花钱。

春节以后，小门口那家菜店就关了，那个不言不语的胖大女人不知去向。剩这一家生意好了，媳妇也来帮忙。本来在小区理发店洗头，就在干洗店隔壁，有一次我去改裙子，张了一眼，大概是给老年人染烫为主，大姨在沈阳还能找到二十块的烫发店，估计就是这一种。理发店起火做饭，女人吃完了，过来替一会儿，男人过去吃。也许跟理发师有点亲戚。

这女人也就二十几岁，高个子，高颧骨，几乎有点姿色，只是没腰了，应该生养过。我和繁旭都觉得，他们是私奔出来的。她怎么看上他的？也许嫁了个赌徒或者酒鬼，他把她救出来，这男人至少有点主心骨儿。出来自己扛一摊小生意，在乡下算是能人。越想越信，不小心就忘了是自己假想的。

3.

大门这边，常年搭个塑料棚子，夫妻俩卖水果。多是女人守着，一走一过打招呼，笑，一口密实整齐的白牙。她长得敦厚紧实，冬天穿大厚棉裤，大厚棉袄，外套围裙扎紧了，像公社宣传画里的人。入秋问她，冬天怎么办哪？乐，脖子一扬，坚持！到冬天，挂两个棉门帘，椅子跟前开一只电暖气。有太阳就出来在空地里晒着，踱步，也许想着什么事，也许就是麻雀的心情。有一回出去买什么，忘了带钱，跟她借了五十块。快递认识她，送了几次家里没人，打电话说放水果摊儿了。

春夏的傍晚，我和繁旭坐在盒子咖啡厅外头吃饭，隔栅栏正看她做生意，那路口上人来人往，自行车丁零丁零的，小孩儿无缘无故来回跑。咖啡厅的小伙子出来，从大花盆儿里剪薄荷叶子拿进去，一会儿又出来，隔着栅栏买一个橙子。暮色四合，我们要了两杯啤酒，四个工人提着黄色的安全帽贴着桌子走过，前面有家杭州包子铺，我没能目送他们走进去，蓝色制服背后刷着白字，河北建设。那种时刻，只有忍，是可以忍受的。

盒子咖啡厅还在，并且没有重新装修，让人十分欣慰。大学时候它是多么时髦啊，听说周末放映外国文艺电影，没看过，根本不好意思去。嗯，我爱你饱受摧残的……门口木地板都塌了，桌子也裂缝了，玻璃桌上雕塑似的那辆自行车，有点粗陋，可是不管什么东西，坚持久了总有种坦然。我们买了会员卡，店员都认识了，小店长还是繁旭的老乡，听口音认出来，并不攀谈，八点来钟在五道口碰见，说是要去搭地铁，跟朋友住一起，在潘家园儿。也太远了，担心他做不长久。去年秋天那两个小姑娘，春节以后就没来了。我们搬来一年，秋天也要走了。

装修时期的月亮

2013-07-26

1.

有一天中午，我和小曾在高碑店逛，非常晒，地上的灰尘都要腾起来了。小街上几乎没有人，我握着一瓶焐温的脉动，一家一家串，什么都没看上。回家路上，姐电话说，可以顺路去华贸看 harbor house。我觉得那里太贵了，结果赶上打五折，我说，真有这么好的事啊，售货员小姐笑眯眯的，说，真有这么好的事儿。怎么看也只有电视柜合适可买，付了钱，说两天之内要拉走。大概是太累了，我很暴躁，想要当晚就弄完。想到姐家的大车应该放得下，电话过去，说大车给姐夫开走了，她在陪宝学游泳，让我们在外面吃了饭去他们家拿，又说家具可以暂时放在他们家。

到地下一层吃饭，铁板烧店的老板在门口招徕，开始以为是台湾人，后来说是新加坡的，可能五十几岁，非常干净，温亲有礼到令人不舒服，可是太疲惫了，顺从地被领进去。点了套餐，就那样坐着，大概眼睛都是直的。没力气说话，小曾看手机，我忘记单子放哪了，在包里翻，翻出来又看一遍，才注意到是瑕疵品，才五折的。立刻想到，难怪那只餐边柜横不平竖不直。我们买的电视柜台面上有两点磕痕，倒是不打紧。竟然觉得幸运。然后才想到，这种时候应该有点委屈，甚至伤心。根本不觉得，也没有这个力气。我意识到自己脱了鞋踩着，小曾还在看手机。我觉得真像小津安二郎电影里的人。有梦到深处的真实感。

建国路上万灯流丽。

2.

另一天中午，安全门公司的人来量完了，还要等两个小时，暖气公司的人才来。在藤架下的长凳上坐着，看带来的书。蝉叫得实在坐不住，蹭蹭蹭躺下去，又太硌了。起来去买一瓶水。商务楼门口顺丰的人低头看单子，在大太阳底下晒着。

只是这样等，就非常疲惫。暖气公司的人走了，已经是堵车时间。小曾说他骑车过来，我出去找到听说过的 768 院儿，真有一个咖啡西餐厅。簇新而丑陋，空调很足，有水喝。一会儿小曾来了，说起分房的事，各种可能。一边说着一边想起小时候爸妈说这些事的情境。我是怎样不知不觉成为别人的。我长久以来的渴望就是带着自己、成为别人？两个人都有点烦躁，没吃多少。推车沿林大北路走回来，盛夏的热烘烘的晚上，街上的人都是给生活压垮的样子。

在无比吵闹、强光晃眼的铁路口看火车呼啸过去。我觉得饿了。小曾去学校开车，我在小区门口的商店买了一袋挂面，在还没关门的菜店买了两个西红柿，才看见东边天上有灰黄的小月亮。

家里还有几块酱牛肉，我炒了西红柿，下了牛肉，面条做得很香，吐露吐露吃出一身汗。吃完又各自喝了一罐啤酒，真的就是想喝啤酒。像油腻灯光下吃花生米下酒的小老板。入境生情，我跟任何人没有两样。有时候清高孤傲只是幸运。我竟然并不想避免进入这类情境，没有年轻时候那种竭尽全力的恐惧。小津安二郎不可能被他的人物淹没。

3.

还有一天，事情弄完了，从新房子出来，不想立即回家，也没地方去。在林大北路上溜达，几乎是彻底麻木的，却有从未经验的、混沌下坠的诗意。在路边的长椅上坐了一会儿。

4.

有一天不怎么累，很早吃了晚饭，洗了澡，干干净净的，说出去溜达吧。想起一直惦记去小曾办公室剪绿萝回来插，就去了。很久没在学校里散步，结果有异常明亮的大半个月亮。欣喜又安慰，月亮不会离开我们，即使在穷尽疲惫的人生的盛夏。

秋天这么好

2013-10-17

九月底有一个礼拜一，整天阴雨，秋凉转冷。本来中秋国庆之间心浮如絮，一下就都落下来了。中午去荷园吃饭，食堂那股热菜焐烂的味道浓得犯恶心，来往避让的人身上倒有一袭一袭的寒雨气。吃完去荒岛溜达，毛毛细雨沾一脸。擎天大杨树旁，两个老头两个老太，严严实实穿着外套，围石桌打麻将。

打完羽毛球出来，雨才彻底停了，沉沉软软的阴云也散了，太阳还没出来。跟戴佳在二校门分开，去照澜院，下午两点多钟，路上都没有人。去花店，一个佝偻老太太，拿个手机让花店小伙子帮忙看，咋不好使了。去菜市场溜一圈儿，还是什么都没买。像是不肯把自己做实。绕过来，快到南北干道的地方，有一家小咖啡书店，路过总往里张几眼，从来没进去过。没有客人，里面拐进去一点，探了一下头，好像也没有人。怕遇见店主，赶紧出来了。我怕 TA 万一露出默契的表情。我怕这种咖啡店的自觉性。

意识令我不能溶于树木蓝天，总是个负担，这时候却轻盈喜悦，汩汩如泉，用之不竭。晴朗炫目的好天气，美得有压迫性，让人不知所措，做什么都是浪费，配不上——不仅如此，还觉得自己的存在多余，冒犯，无处躲藏。

“季节越是萧索，越是与我息息相关。”在微博上看到这句话，立刻就订购了《墓中回忆录》。有一天等人来装晾衣杆，工人迟太久了，就在吃午餐的咖啡厅看这本书。竟然真能觉得这个外国古代人是亲切的。好吧，我知道他不能算是古代人。我把这当作生活的成就，自身经验扩展才能响应更多更远的他人。

工人有四十几岁，中等身量，有点发胖，半长的蓬乱的头发，扣一个落了灰的棕色薄呢礼帽，蹬上梯子仰头打孔，也不见帽子掉下来。蹭着泥灰的裤子拉链没有拉上，叼着烟，眯缝着眼睛，很有点做派。像韩剧里扔下老婆孩子跟别的不幸但是浓妆艳抹的女人跑到海边做小生意过得潦倒的风流半老头子，孤寂里几乎是盲目的不安，也是活着的证明啊。为要重新装灯，我请他多打两个孔，十分不情愿，这靠墙怎么打，你这怎么打。我想说我付钱给你吧，打一个孔多少钱？说不出口，太瞧不起人。偷偷想到也许他并不会生气，还是说不出口。千恩万谢付了尾款，才发现手柄装歪了。

一百个工人是一百种性格，看多了都不记得了。可是一百个工人全都不尊重自己的工作，敷衍了事。装灯那天单给人工，一天三百块，并不算少，这借口说不通。从前看妈盯着人干活，千叮咛万嘱咐地啰嗦，我尴尬得要命，觉得太不信任人了。装修至今，每一次信任的结果都懊恼不已。要么忍受糟糕的施工质量，要么把人和人的关系调整到现实主义水平。这就是装修教给我的，快要结束了，还没能执行好，只希望未来生活里再也用不上。

瓦工师傅人工最贵，慢条斯理，交谈没有防御性，穿得干干净净来，换上工作服，皮鞋一尘不染摆在阳台上。我看了喜出望外，阐释出许多希望和真理。他离开一个月以后装淋浴间，工人师傅说，瓷砖后面水泥不满，空膛攥不住螺丝。那里预留水管，用经验应该也知道是要装花洒的。

观察了一阵，手柄自己调不了，不忍再看。早把多余螺丝攒起来了，找到两个膨胀螺栓，长短合适的螺丝钉，爬上梯子，自己钉。没有锤子，钳子到底不太好使，墙角碰掉一块漆。和了点腻子，抹上，连把晾衣杆打掉的墙漆也腻了；隔几天又去，用砂纸磨平，想着要买一个小刷子，回头蘸漆稍微描一描。能有多难！带着这样充实自得的心情下楼，小雨已经停了，腾起来的土腥味儿还很新鲜。就在柏树旁长椅上坐下。空坐了一会儿，真的又拿出那书来读，真的读进去了。后背的汗一点点凉上来，打了两个喷嚏才又起身。

不想回家，也没有地方要去，挑着小路慢慢走。淡青色的凉如水的秋天，周末下午，静淑苑门口修自行车的摊子，似乎又兼收旧电器，铁柜敞开大门，挂着车锁车筐，里面堆着塑料袋和纸盒箱，竟然也是五彩斑斓。四个老头，各色灰白头发，坐了马扎，打升级。“我钓主好了！”“能让你钓着么，我仨二儿！”刷刷的洗牌声。旁边轮椅上坐一个老太太，探身子看。伊手里牵着狗，狗不凑过来，在大门里面东张西望；椅子后面又站一个年轻女人，双手插兜，显得十分本分，那个距离应该看不见牌，还是微微探着脑袋。

起地皮风，落叶你追我赶，贴着马路牙子卷过来。迎面卖烤地瓜的小车，像是才出街，还在路中间找地方。欢天喜地买了，握在手里，准备再找一条长椅坐着吃。清华东路上的榆树黄了大半，多少沾湿了些，绚艳而凄楚，看着就像是深秋了。如果我还单身，到了这个季节，就不再渴望恋爱了。匆匆赶回家，打开电暖气，烧一杯热茶，那孤独比什么都好。路边那一带杨树，得算是街边公园吧，铺了弯曲的林中路，路边几张长椅。我安稳地坐下，看杨树还青翠，怎么就有秋意了，到底是哪里呢。拿出烤红薯来吃，并没有那么美味，弄得手上黏糊糊的，纸擦不干净。可是心里十分安逸，想给远方的朋友打电话，代替“写着长信”。也没舍得打。一个老头躬着腰在眼前走过，他拖着一只纤维袋，到前面垃圾筒里翻拣塑料瓶。我认定他也是安逸的。秋天这么好。

有一天刮大风，眼看着天给刮蓝了。所有窗都打开，在想象中张开双臂迎风站着。想起有一年，还是住在珠江新城，楼高风更大，我不管路上车声隆隆，只想风全灌进来，让那房子只剩四壁，我和几件颤抖的家具，裸露在旷野里。那一天好像也写了博客，用了许多感叹号，又大声放了巴赫，又修剪了我的小树，作为一种手舞足蹈。第一任房客搬走我去收钥匙，就没见那棵树了。好像是第一次，有点惧怕回忆，不想盘点自己到底遗失了什么。这惧怕令我觉得自己开始衰老了。

“时间在流逝。尽管它有许多过失，却比早年更有价值……更丰富，更仁慈。”在黄灿然的小站读到谢默斯·希尼，一下就喜欢上了。这是他引用的帕斯捷尔纳克，年轻时候一定觉得似是而非不知所云，前两年很有同感，最近又怀疑起来：也许生命只是衰退，退到一个程度，与孱弱的智力匹配，有一种可把握可阅读的错觉——这美妙的契合也是转瞬即逝。不管怎样，感伤怀念天真。

冬藏

2014-02-12

1.《金瓶梅》

深秋很长一段雾霾，在家看《金瓶梅》。写得实在好。起头不觉得，王婆讲挨光那一段，有种舞台上的造作，西门庆潘金莲初次约会，也都太像角色。后面跟这些人熟了，无数细小的生动真实。本来就到处是这样的人，如果是亲戚熟人，总会有基于了解的亲切，平衡道德感。西门庆在熟人中大概评价很好，是个能人、可以依附，拿了钱也给办事，有时甚至慷慨一下。那个世界几乎完全是功利的，西门庆对李瓶儿，陈敬济对潘金莲，后来韩爱姐对陈敬济，都有点痴心，写得平淡，还是十分出挑。没有这几段，整体就失真了。

到李瓶儿死，进入我始终没能推开门的房间。通常我不能平心静气面对这类情境，如果没有转头逃掉，必定勃然慨叹，评判思辨繁衍喧腾，垫在事实跟前，缓和震感。作者的平静像是催眠，我直了眼睛跟他细细地看。最繁华鼎盛与最苦痛悲哀，都是观感；发生时只有一桩一桩小事，笔触轻得像是毫无意识，没有观感。流水上轻轻扶过，不带风、不惹乱波纹，这真是可见不可求的境界。到西门庆死前那一段，一个个都像是疯了，群魔静静乱舞。以前见过庙里矗着不认识的金刚还是罗汉，面目狰狞可怖，这时候浮现出来。神鬼转念之间，生命力里令人不敢直视的东西，带着呼吸压逼过来，作者替你睁着眼睛，纹丝不动。

十分想采访兰陵笑笑生，名字都是虚的，没有链接可以打开。再不自恋一丁点儿，就一个字都不想写了吧。通常抒发煽情的地方，他就来一句"三寸气在千般用，一日无偿万事休"之类。简直敷衍。看了就要笑，疑心是作者的顽皮。这大概真是我多情了？又好比写到容貌，开头也有过"坐下时淹然百媚"这样的名句，后来似乎就全无耐心，一色是粉妆玉琢，灯人儿一般，坐实了是敷衍。这些地方就很想问，什么情况？

读完太激动，看了一大篇田晓菲，说慈悲，我觉得比那空明。有自我，才有情感，谈得到慈悲；有自我，就有隔阂。作者浑然无我，不爱不憎，全知全觉，无知无觉，无处不在，了无痕迹——我怎么总是抒发过度，必须停止胡说，我是被自己的观感挡住眼睛的人。

写的都是浑噩无意识、被本能支配的人，这才是失真的地方。同理心、公正心、反省、求真、渴望超越性，都深藏在人性之中。总有人身上有这些，即便很难彻底。当然这种人物在文学里太多了，作为文学家的一种自恋。《金瓶梅》也没有承诺过要写全景。

一个与文学无关的感叹：古时候真是物资太匮乏了。吃剩的东西赏人，是桩恩情；送件旧衣服更是大事。想起谁说，人类历史只发生了一件事，就是工业革命。

2. 回家

回长春十天，完全待着，桂林路也没去。两次游南湖，淡晴无风，寂寂落落，深秋那一段肃杀过去了，等着下雪。有点轻霾，更显出凝滞，不然大太阳像一个刺眼的漏洞。诗意其实非常压迫，底下的人不论做什么，都像是在反抗它。

过了白桦林，莲池前大片灰黄的草地，映着温白的日光，当中一把帆布折叠椅，拉着长影子，像摄影爱好者的作品，八十年代印在杂志的封二页上。忽然一声巨响，又一声，看天上什么都没有。对岸几个干缩的老头，空站着，大柳树又高又古。没寻见哪一个甩钢鞭，啪地，又响起来。

再走，空地有个老头儿正放风筝，扽着线东扯西拽，灰扑扑一只鸟，左突右撞，半天也没起来。树根儿堆着一只旧双肩包，一张小马扎，也在树枝的光影里，是可视化的宁静。走过去回头，已经落下来，正拿在手里调线，灰翅膀耷拉在膝盖上，原来那么大个儿。必定能放起来的，稳稳高飞，仰头看着心里多舒畅。

松树林又大又密，有踩实的小路，不见人。渺渺地有歌声，渐渐清楚，不知是美声还是戏曲，啊啊啊的女高音，一根一根玻璃丝，晶亮飘柔，又飞不出去，停在空中舞动变幻。半天找见一个背影，离开一棵树直直站着，长头发披到腰。不敢走近——不敢动，踩树叶的声音太响，站着等，袅袅地吊起来，又落下。想到《立春》，又想她也许是愉快的。

预报说有暴风雪，就有点兴奋。东北人一样盼雪，见多了，每次也还是新的。来了没那么大，只是阴天压得很低，树木建筑异常清晰，仿佛镜像，不可抵达。有三天没停。夜里风打着卷儿，呼啸很久凄厉一声，像巨鞭甩过。睡前开小灯，有洞穴感，带着没进化掉的侥幸。

翻出来不知道哪一年谁给的两小瓶通化葡萄酒。没有开瓶器，大螺丝钉钻进去拔，不成功，砸了瓶颈，全倒出来。十分甜，接近果汁。酒杯也没有，用一只绿色大号玻璃水杯。可是到底喝上了酒。我这几年放大了过家家的热情，随时随地变节日。

第二天顶雪出去买了开瓶器，回来妈说，也没啥好下酒的呀，给你切两片儿萝卜吧。两片儿红心儿萝卜，一个小国光苹果打了皮儿，我要求放碟子，端到茶几上，十分得意，仿佛有格外的意趣。妈说赶上五姥爷了，烧个土豆也是一顿酒儿。妈也喝一点，下午两三点钟，不说话的时候还是太静了，昏昏的大客厅，焐不过来。过家家还是得在紧凑拥挤的地方，比较不像舞台。

这几年不着消停，稠密又飞快。快落地，就有点觉得老了。长期庆幸总算不年轻，这会儿又真的眷恋起来，上坡时候看不到下坡的路，我怀念那无垠的未来。以致自恋，一本一本看相册。爸妈年轻时候，各有一股锐气，眼睛直看出来，仿佛还在那一刻。家具器什，竟然还是有许多流失了。好些往事堆在门口，不放进来，不推出去，那样最像是拥有。

挑出一本《罪与罚》，看完五十页，预感到内心冲突的深度，悲剧的强度，有点退却，像是没准备好。刚好就该回来了，想到还有很多书值得从头看起，又不是非看不可，也觉得富有。我真是对自己太温柔了。

3. 医院

住院部新装修过，比预期干净很多。房间朝南，窗口偏东有一棵大杨树，早晨太阳在树杈后面升起来，渐渐耀眼。持续蓝天，晚上拉窗帘，夜空深邃，月亮亮得吓人，越发像故人，像战俘营里的月亮。头几个晚上自己住，半夜醒了什么都想不起，继而刻意不想，要留住那幻觉，可以投胎到任何生命，做任何事。当然留不住。

随时抬头就有鸽子，正是二环的气象。鸽群打圈儿有种音乐性，有一回忽然意识到已经看了很久，看住了，十分吃惊。是焦虑伴随生命力一同衰退吧，修养哪里进步到这个程度。

不能洗澡，又不能弯腰，就一直没洗头。后来真的跟两片膏药一样，早晚洗脸还梳一梳，抿到耳朵后面，心理上竟然就觉得妥帖了。隔着永远湿浸浸的洗手台，探身到镜子跟前看嘴角起的水疱。想起张爱玲客居乡下人家，不枕主人的脏枕头，说如果有一天把头放在这样的枕头上，那就是真的不在乎了，沉沦了。那时候她才二十六七岁，后来境遇更加困难，也不知道沉沦过没有。我敬佩她倔强，又因为有感情希望她庸俗轻松，这就是粉丝的心情吧——到啥时候说啥话啊亲。

礼拜一早晨，也许三点多，疼醒了，一身汗。按铃，听走廊里又轻又镇定的脚步声，并不相信会得救；灯一开白亮亮刺眼，觉得天棚空旷，像电影里未来的洪荒，灭绝的恐怖。可是并不真的恐惧。听她去敲值班大夫的门，隔门说，9床——过了也许十分钟，一个矮胖短发的年轻女大夫来了，肚子上按了按，说不要紧，自己注意，随时按铃。当然不能吃止痛药，全靠疼痛报警。我请护士灌了一瓶热水焐着，好过一点，也还是睡不着。精神上倒完全放松，几乎有一丝愉快，因为没有任何事能做。继而又对这意外的从容满意起来。

急诊手术要插胃管，不能打麻药，大夫说不然等几天，灌肠反正也是遭罪，但是好点。我突然就上来一股虎劲儿，"罪是人遭的"，这句熟悉的话从我自己的心里跳出来了。生病期间好多次觉得感激，感激遗传，仿佛爸妈就在我身上，不用担心失去。

晚饭以后有一段，楼道里很热闹，像村头大树底下。洗碗的陪床，刷牙的病人，穿梭着，打招呼，甚至停下来说两句。对面房间有一个瘦姑娘，竟然贴着面膜从水房里昂然走出来。生活在哪里都不会停息哦！有两个女病人，都弯着背，丈夫搀扶着，极其缓慢地来回走，除了腿，身体全都僵住，四个人往返交错，像舞台剧的背景人。

隔壁有一个孕妇，怀着双胞胎，所有指标都正常，就是不出院，说家里没电梯，怕上三楼有危险，要等过了三个月再回。有两次过来串门儿，“我这俩呢”，“我这不仨人儿呢”；先说她婆婆给送饭，又说晚上要的炒饼不好吃，都扔了，光吃蛋白粉。走了张明丽翻两个白眼，啧啧一阵，可能河南话里没有“得瑟”两个字，半天也说不明白烦她什么。

我打碎一支体温计，护士来打扫，说自己买一个赔上也行，交六块钱给医院也行。楼道里一个陪护听见了，望着护士的背影，嘴一撇，“真黑呀，六块！”矮粗的妇女，扁方的黑脸，挤着两只小眼睛，也许五十岁，也许对她的亲人来说也是一个温暖的存在。我忍不住说，还好吧，也没有强制赔，说了自己买一个赔上也行。伊像是没有听见，仍然抱着胳膊，享受看破世事的快意。

我想到鲁迅，又像是忽然想起，他寄唯一希望于青年这事理由不够充分。又跳跃地再次确认，真有人动员底层起来，倒霉的就是我们这些人。医生护士都很亲切，也蛮有责任心，我好多次想到，他们工资实在太低了。

4. 张明丽

张明丽比我早入院，都是上午来，打了针，吃过午饭，做一个什么冲洗，就回去了。手术前一天她在医院过夜，洗肠总也洗不干净，折腾一晚上。直到出院，再也避不开她了。实在太能说了，我拿一本小说，哪怕是翻页，都要被她抓住说起来。倒是十分生动，讲到得意处翻个白眼，像戏剧里通常以为是夸张的那种市侩。十六岁来北京，在公园练摊儿，起大早卖煎饼果子，端盘子，开饭店，连掌勺带跑堂，做菜谁不会，分量给足了就有回头客。川菜馆有个厨师追她，小熊长得特帅，对她特好，她说分手，走出没几步，听见好大动静，回头看他把人家门口的煤球堆踹翻了；嫌他家太远，结婚去四川怎么办，那时候也不知道能不能在北京站住，早就没联系了。她管她丈夫叫“我们家的”，一直瞧不上，但是就被黏住了。他一蹬三轮儿的，她开饭店，给他买了车，现在南站开黑车，机灵着呢，挣的可比那上班的多，年下正忙时候，收身份证，倒票。她在限号之前买了四辆车。两个闺女，都不丑，长的白，她年轻时候就白，这是贫血好几年变成黄脸婆，下头出血，切了就好了，子宫摘除，要不说那个肌瘤，切完还长，那东西靠血养，只要你来例假，它就还长，等绝经，今年四十二岁，等不起，跟“我们家的”商量了，摘了利索，也不生孩子了，问大夫说不影响性生活儿。老大在顺义学美术，想再补习一年考中央美院，得是央美的才能办补习班，看她老师挣钱太容易了，一个学生收三万，有一个大校收六七百学生，那是多少钱，一年两千万！老二才十三岁，快一米七，谁看她年轻时候照片都说一模一样，跳拉丁舞得国际大奖，免费念二十二中，要不没户口花钱也进不去，东城区重点，现在老师就让她代课，跳舞课，她爸乐意让她代，挣钱，她怕孩子分心不好好练了，想让她考艺术院校，老二长得漂亮，不比电视里那些明星差。一个妹妹，结婚没两年男的死了，她才二十三四岁，孩子扔给婆家，长的比谁也不差，弄到北京来，没正经，怕吃苦，按摩院什么好地方，管不住，跟一个小老板过六七年，也没办手续；家里有个姑娘上小学五年级，能让她好过么，过不下去回老家，又找一个，更不行，没钱，带俩孩子，三十六岁了，找不着好的了。大哥死了，三哥在新疆养鹿，都不管爹妈，从来不打电话，张口就是要钱，像病了这些年，连问问你咋样啊都从来没有；她爸脑萎缩，她手术前她爸紧急送医院，干着急回不去，过几天说回家了，她又嘱咐打吊瓶别怕花钱；也是无聊，她天天给她妈电话，才问两句那边就讲侄子结婚的事，聘礼要六万，全让她出，别人想给也没有，挂了电话更上火，眼望窗外嘀嘀咕咕骂，我她妈就是心软……不敢回去，又怕真看不着她爸最后一面。婆婆起初看不上她，因为没生儿子，两个闺女都没帮带，老大小时候就在饭店厨房地上爬，根本没人管，现在知道她是好人了，做个阑尾炎手术非上北京来，就为让她出钱……这样写下去是没完的，她大概讲了一百个小时，连她姥爷的生平都讲了，怎样自作自受，八十六岁自杀了。我起初当故事听，后来都是重复，真不耐烦，也没办法。我意识到自己不像从前了，只为“这是真的”，就兴致盎然起来。也许是潜在的功利心，看惯了，没有新的启示。也许是更谦逊，不再大惊小怪，仿佛自己在那种生活之外。

5. 读书

回到北京就生病，先以为要减少活动，在沙发上瘫了两个礼拜。沙发在窗下，抬头总是翠蓝天，上午太阳刚好的时候有一阵鸟唱，像童话里的人间。中午没有风，屋子里热烘烘的要开阳台门，玉兰满树小花苞闪着一层细绒，恍惚像春天。又遗憾又悄悄欣喜，小病恰够安顿。好像健康里有多余的东西，令人作非分之想，紧张不安。那就是生命么。

读完《金瓶梅》，就看了《蒙元入侵前夜的中国日常生活》，带一点明知故犯的做作，以为是最适合的对照。果然失望，啰嗦而不深入；大多数内容都引自《东京梦华录》和《梦粱录》，简直算不上研究。

又看《中国小说史略》。全是考据，很少评论，不带感情，也不勉强得结论、做逻辑，干燥俭省到极点。仿佛在著书的过程中害了强迫症，高标的自觉令人肃然。许多书没听过，引评又太有限，读完还是没有印象。有一天，繁旭在厨房做午饭，我独自窝着，太阳晒得脸上都烧起来，像要睡着了，正是惬意的病人——读到引述的一段“温酒斩华雄”，立即放下了，半天不反应。那豪气何等陌生，那真是古代。写的也好，没有任何装饰性精致。文明一往无前，得远大于失，不能比较，也还是有所失，不过忘了。

《墓中回忆录》看过一半，终究觉得吃力，坚持看完，也是强迫症。遥想法国大革命时候一个多情多思的贵族，这事听起来很迷人。可真是遥想，手伸得长长的，还差一个大洋，虚构起来只觉得自己枯竭。青春时期渴望死亡与荣誉那种段落带来的共鸣，后面越来越少了。成年人的经验太具体，还是要看小说或传记，看给定情境下人的反应，才能感应了解。

《好女人的爱情》还是刚搬北京时候姐拿来的。当时看了三篇，后面两个明显没有第一个好，就放下了，在医院拿起来看完。艾丽丝·门罗终于得诺贝尔文学奖，我对她的评价又调低了，简直像是刻意与众不同。之前只看过《逃离》的中译本，人性的潜流与际遇的玩笑相遇，构成令人瞠目的命运转折，写得十分有力，带来强烈的本质之感。后来姐说那也差不多是她最好的作品。我是太贪心了。

在医院又看了《繁花》。还是上一个冬天，看两个骄傲的人推荐，买了那一期《收获》。字非常小，点着床头灯快要看瞎了。作者潜心静气，十分可敬。讲过去，都是大事件小写，就好看一些。新时代故事，密集仓促，还是有点逼在眼前的变形；几位新增的女角，可厌多于可爱可叹，令人失去耐心，不过深究起来也真是写实。作者是耐心极了，自我抽离，不下结论，绵密如锦，锦下无物，这种态度像中国旧小说。不过具象事物太确切，是有意识的时代记忆，就没有旧小说那种无光无影不在时间中的异世感——更漂浮也更纯粹的存在感。在《金瓶梅》的阴影下阅读，冲不破褊狭，完全是苛求。再怎样喜爱，那也不是唯一的美学。

春节总算过完了

2014-02-26

1.

出院搬进新家，正是最冷那几天。妈住一个礼拜，回长春去了。我和繁旭都有点感冒，第二天起来发现煤气用完了。交接时没有给煤气卡，物业说只能开证明去中关村某处补办。我竟然兴奋起来，为这雪上加霜的戏剧性。开着导航，打了两通电话，掉了两个头，在一个旧居民区里找到。玻璃窗口后面的办公间很小，开着惨淡的日光灯，四五个办事人正吃盒饭，都穿着羽绒服，显得很挤，而且笨拙，有一个年轻女人戴着袖套，没有任何非分之想的样子。

去小豆面馆吃茄子豆角面。路上就注意到，开过去以为错过了，掉头回来，正在马路对面。要等座，空气又冷又有油烟味，想起小时候在长春，路边常见一摊冻住的黄色的尿。长台上坐满独自吃饭的人，羽绒服也是脱不下去，脱了也没地方放，书包抱在膝盖上，真怕面汤溅出来。面很油，不能喝汽水，吃了半碗。二〇〇三还是二〇〇四年，有时候在大姐家住几天，黄寺和德外路口有家小土豆，楼下就是小豆面馆。中午跟姐去吃茄子豆角面，觉得店里很干净，面也好吃，是令人愉快的"先进"快餐店——以为正在开启一个黄金时代，随处都是乐观的证据。路上有家外贸服装店，进去逛一圈，也不买，溜达回家。初春的阳光特别轻快，想在街上流连，又没有借口，小区门口有家音像店，到了暮春音乐放得很躁动，大盒全套《老友记》正热卖。当时只道是平常。窗外灰暗干冷，没有任何生命迹象。几乎是第一次，觉得所有过去，我都失去了，记忆只是虚幻，现实世界没有对应。这想法令人惊恐，如果认真对待，怕是什么都崩塌了。我可真是长期自欺得很好呢，到积重难返的程度。也只是知道这扇门是虚掩的，没有推，惶恐失落了一个下午，就混过去了。

2.

窗前铺了一大块地毯，就空着，像小时候炕上。我设想坐在上面熨衣服，同时跟另一名妇女说闲话，临走给她带一包泡菜或者黄鱼。有两个女朋友来，我演了一下，好像也不怎么做作。

其中一个说起生活禅，我也不太嫌弃这种词了，愿闻其详，说说又岔开了。康复期不能做正经事，心里松弛下来，洗碗、切菜、晾衣服，都能不疾不徐，体会到此时此刻，又纯净又有点不聚焦的兴奋，像大晴天。那个感受里有多少自我催眠，也没办法追究，这种事好像就是自圆其说。我享受了一阵，警惕心就起来了，仿佛远处终点是画地为牢。

年前有一阵，连着来了好几个朋友。现在谁找我都没事，就是纯粹见面，彼此更新。也问别人，也讲自己，心里一直盯着看，非常累，像阅读那种写成了短篇小说的长篇小说。我总提醒自己，人几乎时刻处在具体事件中，自觉饱满结实，是观看本身带来空寂感。可是这空寂感驱逐不去，担心大家的人生都要潦草地过完，就那么随意几笔。

3.

在棉湖过年其实很热闹，又符合想象，年前年后人来人往，拎着自家独特的食物从院子里走进来，打着招呼。熟人社会有它自己的剧本，我们不入戏，又厌恶它的强制性，就觉得隔靴搔痒，不是真实的生活。但是当然，剧中人也不是每一个都能被角色降服，生命摩托横冲直撞，奇艳悲哀的故事很多。去年每新见一个人，繁旭补传记出来，全像是深刻的寂寞，我啪啪啪敲，临到走还没写完第二天。也不是十分遗憾，没有经历过，设想起来到底还是虚浮。

有一次在亲戚家，吃零食喝茶聊天，我听不懂，也不好奇，听笑声就像是面儿上话。他们住的高，越过茶桌，隔窗望见远处延绵的小山，在轻霾里晕成柔和的蓝绿色，微风像是从那里跳过来的，倏忽落在脸上，真有他乡遇故知的甜蜜。不由得设想一个困在本地的知识青年，必定经常这样眺望吧，然后呢，后面总是揣拟不妥。

我们独自住三楼，一个套间，一个屋顶露台。春节那几天特别暖和，午饭以后各自休息，我如愿冲了三合一速溶咖啡，搬一把塑料椅在露台上看书。简直比沙滩还好。四面八方都是别人家，望不出去，只有天空，视线边缘划定一片，专属于我，联络祖国，秘密承恩。有一天落了几件衣服，傍晚拿了盆和肥皂，坐在露台的水龙头旁边洗起来。太阳拖着红霞落在邻家房后那一排芒果树里，熏得刘海痒痒的，一会儿抬头不见了，天色就凉下来。从没见过这样亲切的夕阳，来惯了的，明天再见，可能亘古如斯本来就是这样家常的体验。那一会儿真希望多几件衣服一直洗下去，《诗经》也就在我们的生活里。

有两次晚饭后出去散步，河边一块空地，驻扎一个马戏团，垃圾堆中间停一辆大卡车，后面好大一个灰白的帐篷。一路都听它循环广播，响彻夜空的，走过路过不能错过——安徽大马戏安徽大马戏——看狮子看老虎——我说去看，他们都当是玩笑，我想独自去看效果更好，拖了两天，人家就撤了。想那卡车绝尘而去，一路放着高亢的歌，几个疲惫的人歪头睡着，就在老虎和狮子身边？还是有点遗憾，安慰自己说，去了可能也是一边看一边编辑纪录片，冲不破的，越使劲越做作。

繁旭带我去他中学同学家，门口白亮亮的灯下横七竖八许多许多鞋，屋里放着动画片，小孩子坐在沙发上一动不动不错眼珠地看，真是像极了春节。回来有点晚，穿过一段幽暗狭窄的街道，店铺人家大门紧闭，窗口射出电视变换的紫光。前后无人，新月孤高，我们的摩托呼啸着，应该是炸弹上身的两个小年轻儿，蔑视这一切情调。

4.

从棉湖到广州，穿过几团细雨，巴士窗外的田野和小山，绿翠笼着轻烟，再怎样糟蹋，大地都是秀丽的。车厢里霉味扑人，六个小时都没能适应；座位按号排好，不能挑拣，花绒布座套歪歪拧拧，明显一块污渍，也只能坐上去；旁边一位妇女，双腿叉开，中间放置斜挎皮包，仰着头，一路睡到底。我一会儿看书，一会儿望窗外，心里仿佛一直哼着歌，脱下所有角色，生命多么轻松。

对广州的感情，都是自恋吧。也不觉得可耻，这样检查起来，什么感情不是自恋的衍生呢。有一天在亲戚家喝茶，电视开着，插播一段本省宣传片，有一个二沙岛上许多人跑步的镜头，卖甘蔗的人虚在背景里。鬼上身一样，我闻到那江水的腥气。从美术馆和音乐厅中间宽阔的广场往江边走，经常都没有人，左手一排极瘦的榄仁，有一点难得的枯寂，简直像日本。尽头树下一个杂货屋，也常常没人，买一个雪糕要左顾右盼地等，大太阳或者嫩阴天，都像是童年的那种寂寞。

有一天中午，朋友约在向日葵西餐厅，饭后独自在岛上逛，江边坐。傍晚又去滨江东路，下广州大桥，转弯小路上几棵紫荆花，摇摇的还是那样。许多记忆在身体里走过，像河水把钝刀重新磨亮，那时候真相信自己可以是个文学家。几番自嘲也没能压住冲动，做贼一样，走进锦骏华庭，乘电梯，到十五楼，1502 门口摆了一块毡垫。顶峰也就是这样，总有一点失落。

就住在五羊新城，每天来回走，影影绰绰都是过往，又看不清，抓不住，倒是经常探出头来，呼吸此时此刻。酒店窗下几棵茂密的细叶榕，树冠毗连，密云团叠，起风的时候一浪一浪推过来，令人吃惊，那么敦柔的树木也暗藏荒野。后面两天冷雨涟涟，早晨起来玻璃上有雾，绿色染一窗，阴灰天气里，生命冰凉的，还是带着喜讯。

顶雨去杨敏家，地铁出来天就黑透了。我记得有一条近路，世贸对面上一段台阶有个小门，想一想没敢走，怕真找不到了，恼火自己，伤心起来。来过总有五十回吧。有一晚赶上台风，到了两腿水，她正煎鱼，扎个小围裙。杨敏做饭不疾不徐，好像毫不费力。我照旧站厨房门口，看她切卤牛肉，炒豆角，炖雪菜黄鱼，下紫菜瘦肉汤。以前有一回也喝这个汤，她也说，来不及了啊，就汆一个汤吧。杨敏家也还是那样，妥帖耐用，干净整齐，不争光鲜，也绝不惰怠。那客厅里有一种安稳，开着电视，聊着新闻，也不会被时代困扰。我擅自以她为傲。

走前一天跟三季稻同搭海华的车去标哥家吃饭，我们都想起那年在龙科家聚会，也是正月里，阴天有点冷，吃着吃着菜都凉了。几个人每年喝几次酒，年头多都记混了。这是第一次，完全没有人抱怨。真的，有期待才有怨气。中间还是说起旧人新事，都乐得很轻松，是与我们无关了。龙科喝醉了，举着三季稻的手机念诗，大伙儿就起哄，瞎嗨，很高兴 party 有人发癫；就是那诗太长了，到后面有点尴尬。如果没有一起喝醉，就总是有点尴尬。散场也不伤感，朋友到后来像亲戚，明白那关系永远在，分开甚至是轻松的，除非担心对方过的不好。

晚上又跟小蒋、小 S 和廷鑫吃饭。真是交际花呢。饭后去报社，整栋大楼好像都没人，坐在二十四楼的大办公室喝茶说闲话。夜色沉沉的，只开头顶那一排灯，窗上映着影子，显得很孤寒。人在广阔的世间交几个朋友的情形，可能就是这样。